# 博物館偵探 3

SHERLOCK BONES

# 骨爾摰斯

## 深夜的鬧鬼名畫

# 博物館偵探 骨爾摯斯 3

SHERLOCK BONES

## 深夜的鬧鬼名畫

文・圖/芮妮・崔莫（Renée Treml）

譯/謝靜雯

獻給我熱愛藝術和科學的朋友
坦妮（Tanny），又名凱特（Cait）。

褐鷹口鴟
*Podargus strigoides*
澳洲、肉食動物、鳥類

鴯鶓
*Dromaius novaehollandiae*
澳洲
雜食動物
鳥類

兔耳袋貍
*Macrotis lagotis*
澳洲
雜食動物
有袋類

# 生物多樣性特展

黑狐蝠
*Pteropus alecto*
澳洲&印度－太平洋區
食果動物&食蜜動物
哺乳類

灰袋鼠
*Macropus giganteus*
澳洲
草食動物
有袋類

平原斑馬
*Equus quagga*
非洲
草食動物
哺乳類

鴨嘴獸
*Ornithorhynchus anatinus*
澳洲
肉食動物
單孔類

袋食蟻獸
*Myrmecobius fasciatus*
澳洲
食蟲動物
有袋類

尼羅鱷
*Crocodylus niloticus*
非洲
肉食動物
爬蟲類

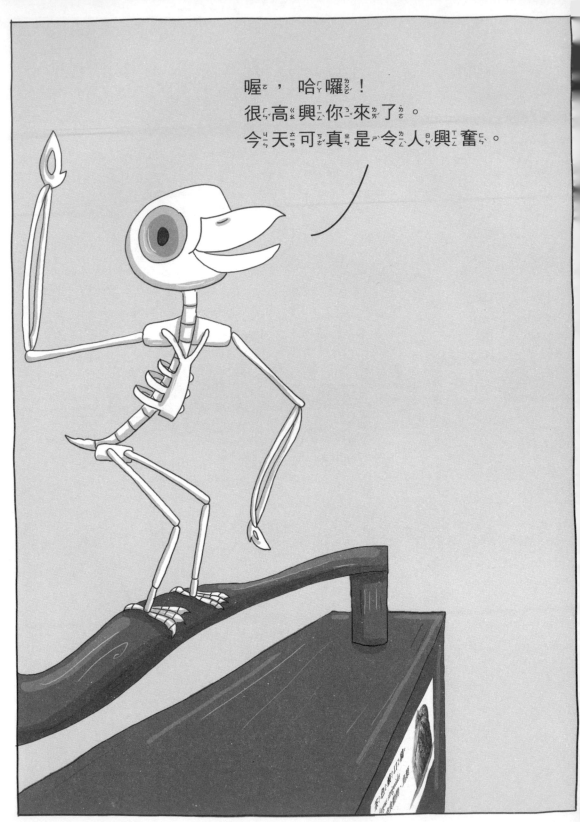

喔ㄛ，哈ㄏ囉ㄌㄨㄛ！
很ㄏㄣ高ㄍㄠ興ㄒㄧㄥ你ㄋㄧ來ㄌㄞ了ㄌㄜ。
今ㄐㄧㄣ天ㄊㄧㄢ可ㄎㄜ真ㄓㄣ是ㄕ令ㄌㄧㄥ人ㄖㄣ興ㄒㄧㄥ奮ㄈㄣ。

你老是是這麼說。

這個嘛，住在自然歷史博物館裡，天天都很讓人興奮啊。

哈～姆。

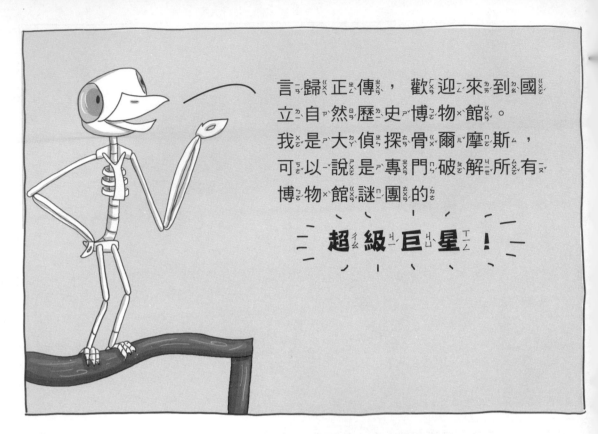

言歸正傳，歡迎來到國立自然歷史博物館。我是大偵探骨爾摩斯，可以說是專門破解所有博物館謎團的

**超級巨星！**

這個會講話的毛球是我可靠的搭檔——葛瑞絲。

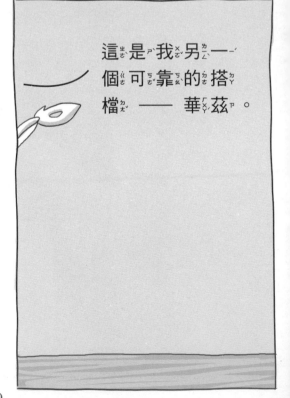

這是我另一個可靠的搭檔——華茲。

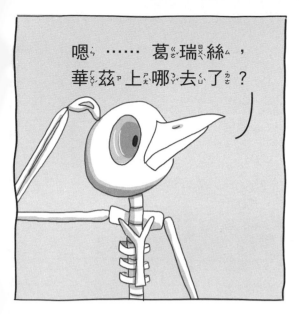

嗯……葛瑞絲，華茲上哪去了？

不知道耶。

我沒看到她。

華茲？

華茲？

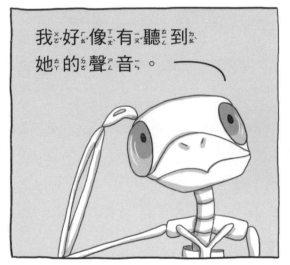

我好像有聽到她的聲音。

她跑哪去了？

葛瑞絲！你是不是坐在華茲身上？

華茲嗎？ 沒有啊，
當然沒有。

你看！
她在這裡！

嗨， 我是華茲。
我話不多，
但可不笨。

她才沒這樣講！
把她還給我。

華茲你說什麼？

有個新笑話？
說來聽聽。

14

為ㄨㄟˋ什ㄕㄣˊ麼ㄇㄜ˙老ㄌㄠˇ實ㄕˊ的ㄉㄜ˙畫ㄏㄨㄚˋ家ㄐㄧㄚ很ㄏㄣˇ難ㄋㄢˊ聊ㄌㄧㄠˊ天ㄊㄧㄢ？我ㄨㄛˇ不ㄅㄨˋ知ㄓ道ㄉㄠˋ。

ㄅㄚˊㄚˊㄚˊㄅㄚˊㄚˊㄅㄚˊㄚˊ！

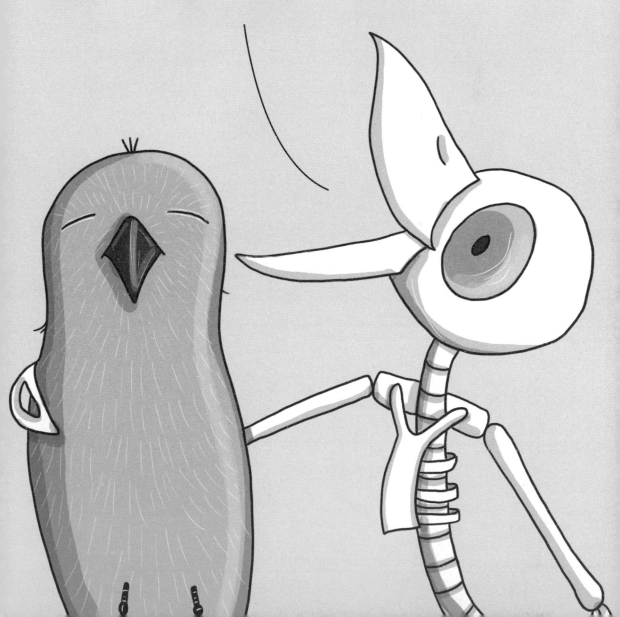

什麼叫做因為他總是「話不投機」？這跟他老實有什麼關係？

因為「投機」除了取巧之外，也有意見相同的意思。這樣懂了嗎？

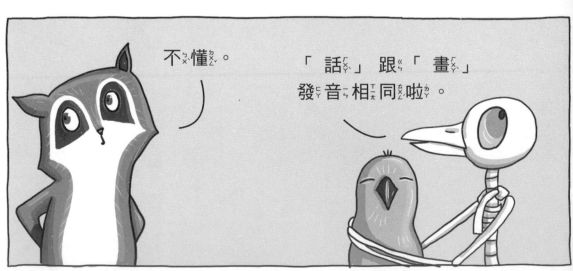

不懂。

「話」跟「畫」發音相同啦。

18

嘿，我也有個好笑話。

太好了！說來聽聽看。

為什麼科學家很少去美術館？

華茲，你覺得呢？

因為科學研究常常讓人覺得「不可思藝」。

你確定嗎？

你最近為什麼一直講有關藝術的笑話？這裡是自然科學博物館耶！

你不記得了嗎？那個他們已經講了一整個月的新藝術展覽。

在這裡舉辦嗎？

你沒注意到那些海報嗎？

喔，這些海報啊。

我還以為他們會在美術館舉辦藝術展覽。你懂的，就是……有藝術的地方。

你說什麼？
到處都是藝術啊！

甚至可以說，沒有藝術，就沒有自然歷史。你把華茲抱好，我來解釋一下……

喔不，真抱歉。
你放輕鬆一點啦。

22

科學博物館本身就是由科學家和藝術家攜手打造出來的作品。 科學家決定要展示什麼, 然後跟設計師以及插畫家密切合作, 製作展示牌、陳列擺設、 創作繪圖和照片。

我很慶幸自己帶了點心來, 希望你也帶了。

要讓大眾了解科學, 就必須透過藝術, 以恐龍為例⋯⋯

哈～ 姆, 聽得我都想睡了。

恐龍既沒有真實相片, 也沒有人親眼目睹過。所以需要藝術家和科學家合作, 盡可能繪製出準確的圖畫。

除了這個明顯的例子之外, 人們也用藝術來解釋周遭的世界。 好比史前洞穴的繪畫, 紀錄了當時在地球上遊走的遠古野獸, 或是利用物理學和工程學建造的埃及金字塔⋯⋯

這樣你懂了嗎? 葛瑞絲?
葛瑞絲? 葛瑞絲?

好吧，
我想現在是
拿訪客指南
給你看的好
時機。

為了這個特別的巡
迴特展，我們必須
移動幾樣東西。

國立自然歷史
博物館
訪客指南

你看，就在這。科學藝想特展：
從美麗夢幻到毛骨悚然。
你知道「悚」這個字怎麼唸嗎？

唸「束」？
「東」？
還是「聳」？

絕種 或 現存？

科學藝想特展

從美麗夢幻到毛骨悚然

國立自然歷史
博物館

我也不知道是
什麼意思，但
聽起來滿精采
的，對吧？

25

歡迎來到
**世上最棒的博物館。**
這裡也是我的家。

國立自然歷史
博物館

暗礁到
海岸

多看一眼　探索暗礁到海岸

這些傢伙都
滅絕了。

這裡有厚臉
皮的小偷。

強大的
中生代時期

我們跟其他已
經死了但還沒
絕種的酷動物
住在這裡。
這些動物都還
在喔！
嗯，有些是絕
種了啦，但還
是很酷！

這裡有華麗
的大鑽石。

絕種

或

現存

生物多樣性

岩石＆礦物區

就在
生物多樣性特展

科學藝想特展

從美麗夢幻到
毛骨悚然

這裡有暴躁的章魚，他絕對
沒偷吃其他展品。

穿過主廳之後，新展覽就在
這裡！有一大堆跟科學有關
的有趣藝術，既美麗夢幻又
毛骨悚然喔！

雨林
生態

科學藝想特展

奢華
&
罕見

放鬆的好
地方。

這裡有很酷的
人類東西。

蝴蝶園

我們的文化
我們的世界

大廳
詢問處
念品店

迷你獸

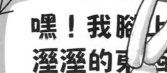

嘿！我臉上
溼溼的東西
是什麼

27

Zzzzzzzzzzzzz

噁ㄜˋ！葛ㄍㄜˊ瑞ㄖㄨㄟˋ絲ㄙ，你ㄋㄧˇ的ㄉㄜ˙口ㄎㄡˇ水ㄕㄨㄟˇ都ㄉㄡ流ㄌㄧㄡˊ到ㄉㄠˋ我ㄨㄛˇ腳ㄐㄧㄠˇ上ㄕㄤˋ了ㄌㄜ˙。

嘿ㄏㄟ！走ㄗㄡˇ開ㄎㄞ。

姆ㄇㄨˇ～我ㄨㄛˇ的ㄉㄜ˙小ㄒㄧㄠˇ被ㄅㄟˋ被ㄅㄟˋ……

我ㄨㄛˇ才ㄘㄞˊ不ㄅㄨˋ是ㄕˋ你ㄋㄧˇ的ㄉㄜ˙小ㄒㄧㄠˇ被ㄅㄟˋ——

哇ㄨㄚ！

沒ㄇㄟ有ㄧㄡ看ㄎㄢ起ㄑㄧ來ㄌㄞ那ㄋㄚ麼ㄇㄜ糟ㄗㄠ，我ㄨㄛ等ㄉㄥ一ㄧ下ㄒㄧㄚ就ㄐㄧㄡ能ㄋㄥ掙ㄓㄥ脫ㄊㄨㄛ了ㄌㄜ。

算ㄙㄨㄢ了ㄌㄜ，先ㄒㄧㄢ翻ㄈㄢ到ㄉㄠ32頁ㄧㄝ去ㄑㄩ吧ㄅㄚ！第ㄉㄧ一ㄧ章ㄓㄤ從ㄘㄨㄥ那ㄋㄚ裡ㄌㄧ開ㄎㄞ始ㄕ，這ㄓㄜ裡ㄌㄧ沒ㄇㄟ什ㄕ麼ㄇㄜ好ㄏㄠ看ㄎㄢ的ㄉㄜ了ㄌㄜ。

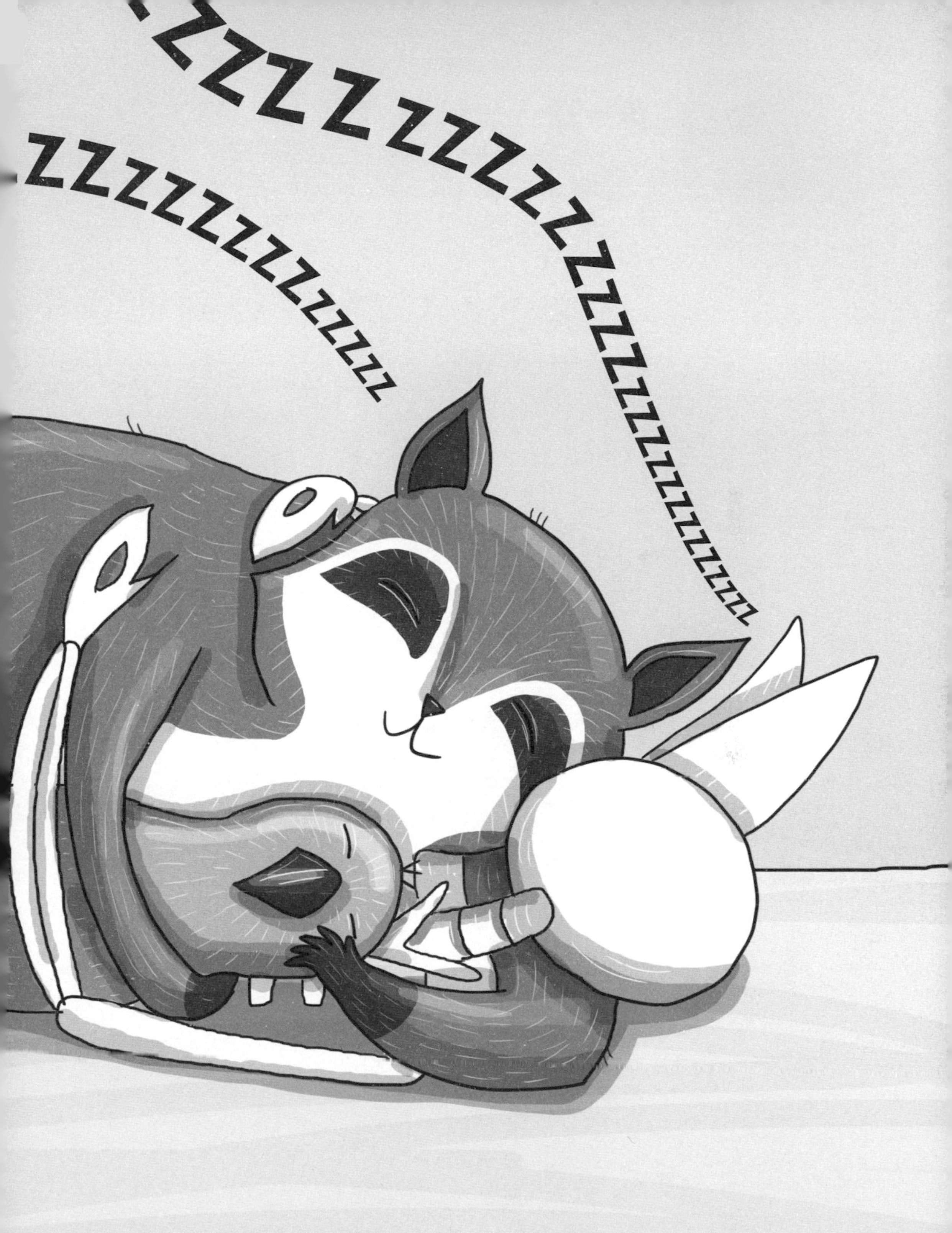

跟我們的
恐龍

一起奔跑

絕種
或
現存？

生物多樣性特展
揭曉

國 立 自 然

即將
登場

科

謝謝大家蒞臨
國立自然歷史博物館，
閉館時間到了，
請往出口移動。
明天科學藝想特展
即將盛大開幕，
歡迎大家共襄盛舉！

史博物館

想特展

來見見
猜謎大師

就在
暗礁到海岸區

奢華&
罕見

快來
岩石&礦物區

鴯鶓 ㄦˊㄇㄧㄠˊ
*Dromaius novaehollandiae*
澳洲
雜食動物
鳥類

兔耳袋狸 ㄊㄨˋㄦˇㄉㄞˋㄌㄧˊ
*Macrotis lagotis*
澳洲
雜食動物
有袋類

短吻針鼴 ㄉㄨㄢˇㄨㄣˇㄓㄣㄧㄢˇ
*Tachyglossus aculeatus*
澳洲
食蟲動物
單孔類

現ㄒㄧㄢˋ在ㄗㄞˋ博ㄅㄛˊ物ㄨˋ館ㄍㄨㄢˇ休ㄒㄧㄡ息ㄒㄧˊ了ㄌㄜ˙，
我ㄨㄛˇ們ㄇㄣ˙可ㄎㄜˇ以ㄧˇ搶ㄑㄧㄤˇ先ㄒㄧㄢ看ㄎㄢˋ看ㄎㄢˋ新ㄒㄧㄣ展ㄓㄢˇ覽ㄌㄢˇ。

**明ㄇㄧㄥˊ天ㄊㄧㄢ就ㄐㄧㄡˋ要ㄧㄠˋ盛ㄕㄥˋ大ㄉㄚˋ開ㄎㄞ幕ㄇㄨˋ了ㄌㄜ˙呢ㄋㄜ˙！**

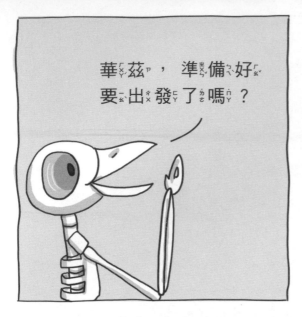

華茲，準備好要出發了嗎？

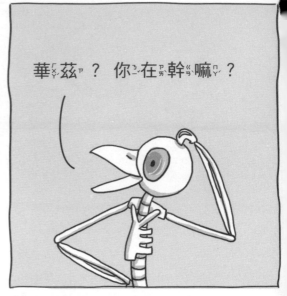

華茲？你在幹嘛？

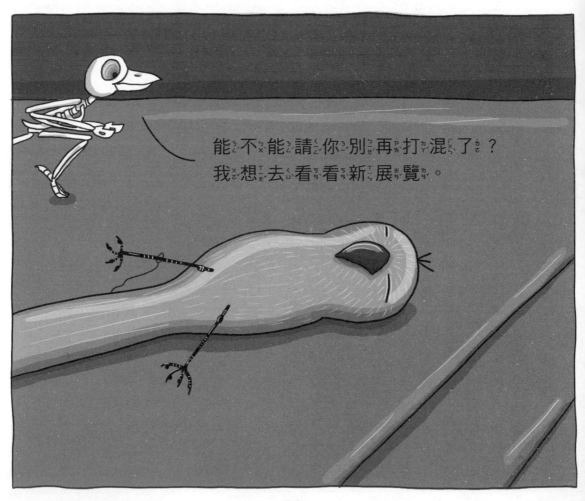

能不能請你別再打混了？我想去看看新展覽。

應該會有一些令人驚奇的雕像！

還有價值不斐的畫作。

哈哈！沒錯，華茲。

藝術並不便宜。

現在請不要再讓我分心。我們有個——

喔，真的假的啦。

看看這些新展出的狐獴！

狐獴
*Suricata suricatta*
非洲
肉食動物
哺乳類

他們好可愛、好快樂的樣子！

哈哈！華茲，你說的沒錯。

他們看起來心情總是很好。

也許是因為他們住在博物館裡。

他們才不是普通的貓。華茲，他們會喵喵叫嗎？

他們會？長知識了。

好了，在你讓我分心以前，我們本來在做什麼？

沒錯！我們要去看新展覽「科學藝想特展：從美麗夢幻到毛骨悚然」。

聽起來很棒，對吧？

嗯，沒有……我還是不知道「毛骨悚然」的意思，但它聽起來很刺激！

現在葛瑞絲又
到哪去了？

啪答
　　啪答

等一下，我聽到她的腳步聲了。
我打賭她又要偷偷靠近我們。
哈，要是我們先嚇她，
她就別想得逞了！

啪答
　　啪答

啪答
　　啪答

準備好了嗎？
數到三。

一⋯⋯

二⋯⋯

來吧，小傢伙。
在你爺爺嚇壞以前，
我們趕快回去嬰兒車。

嗨，艾琳！

見到你們真好！
這麼晚了你們在
這裡做什麼？

爺爺讓我們
在其他人入
館之前先看
看新展覽！

有一位當博物
館館長的爺爺
真幸運呢。

你們覺得新展覽
怎麼樣？

還滿……
嗯……

# 不ㄅㄨ可ㄎㄜ思ㄙ議ㄧˋ！

奇ㄑㄧˊ怪ㄍㄨㄞ的ㄉㄜ動ㄉㄨㄥˋ物ㄨˋ標ㄅㄧㄠ本ㄅㄣˇ、 讓ㄖㄤˋ人ㄖㄣˊ起ㄑㄧˇ雞ㄐㄧ皮ㄆㄧˊ疙ㄍㄜ瘩ㄉㄚ的ㄉㄜ巨ㄐㄩˋ大ㄉㄚˋ蟎ㄇㄢˇ蟲ㄔㄨㄥˊ， 還ㄏㄞˊ有ㄧㄡˇ跟ㄍㄣ怪ㄍㄨㄞˋ物ㄨˋ一ㄧ樣ㄧㄤˋ大ㄉㄚˋ的ㄉㄜ昆ㄎㄨㄣ蟲ㄔㄨㄥˊ臉ㄌㄧㄢˇ。

說ㄕㄨㄛ得ㄉㄜ真ㄓㄣ不ㄅㄨˊ錯ㄘㄨㄛˋ。

不ㄅㄨˊ過ㄍㄨㄛˋ， 最ㄗㄨㄟˋ棒ㄅㄤˋ的ㄉㄜ還ㄏㄞˊ是ㄕˋ那ㄋㄟˇ一ㄧ幅ㄈㄨˊ鬧ㄋㄠˋ鬼ㄍㄨㄟˇ的ㄉㄜ名ㄇㄧㄥˊ畫ㄏㄨㄚˋ！

鬧鬼的名畫？

對啊！就是古希臘神話九頭蛇的畫！

我不覺得……

據說它的鬼魂到晚上會活過來！

這個嘛，那只是個愚蠢的鬼故事。

你確定沒看到什麼不尋常的東西嗎？

嗯，我是說⋯⋯

昨天晚上我是看到了某些東西沒錯，可是⋯⋯嗯⋯⋯我以為那是⋯⋯

嗯⋯⋯是個動物⋯⋯對，就是一隻動物。

一定又是那隻討厭的浣熊。

有人昨天沒關好屋頂的檢修門，牠一定是趁機從那裡溜進來的。

47

當然不會！
我說過 —— 是有蛇頭的鬼！
蛇就會嘶嘶叫！
完全說得通！

老天，看看時間。博物館現在閉館了，你們最好先回家。出口往那邊走，改天見。

可是那個九頭蛇 ——

奈莉，好了。
艾琳，改天見。

掰、掰！

叮鈴
叮鈴

夠了。
要是我今天晚上再看到恐怖的東西，
**我就要辭職！**

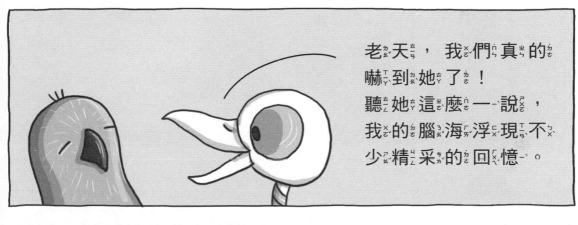

老天，我們真的嚇到她了！
聽她這麼一說，我的腦海浮現不少精采的回憶。

記得地質學特展那回嗎？

對！之前還有一次她大聲尖叫，結果──

什麼？她說的是她昨天看到鬼？

可是我們很久都沒嚇她了啊！

你知道這代表什麼嗎？

博物館終於有個真的鬼魂了！而且不是我！

砰砰

砰砰

砰砰

什麼聲音？

砰砰

砰砰

砰砰

你覺得是那個鬼魂嗎？

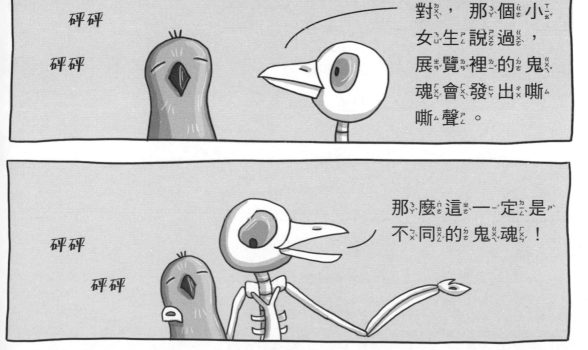

砰砰

砰砰

華茲你說得對，那個小女生說過，展覽裡的鬼魂會發出嘶嘶聲。

砰砰

砰砰

那麼這一定是不同的鬼魂！

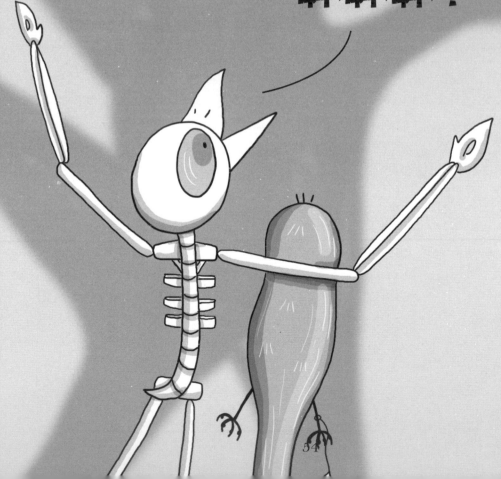

第二章　聰明的餅乾

啊ㄚ！啊ㄚ！啊ㄚ！

嘎啦！

啊啊！

我的餅乾！

葛瑞絲？

哈哈哈！你好像不是很開心。

因為剛剛那樣並不好笑！

不用這麼生氣嘛。我覺得這個惡作劇很棒啊！

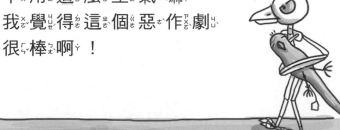

嘿！我有個好主意。

我們一起去偷偷接近那個警衛。我來發出怪聲，你來——

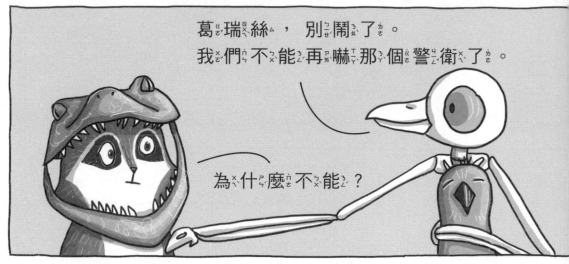

葛瑞絲，別鬧了。我們不能再嚇那個警衛了。

為什麼不能？

因為她真的很害怕。

我知道啊！所以不用動腦就能成功嚇到她了。

有抓到笑點嗎？骷髏沒有大腦！

華茲說得對，葛瑞絲。

那個警衛真的看到鬼魂了。

所以？

她今天晚上要是再看到可怕的東西，就會辭掉工作。這全是我們的錯，都怪我們老是嚇她。

嗯，誰叫她想除掉我。

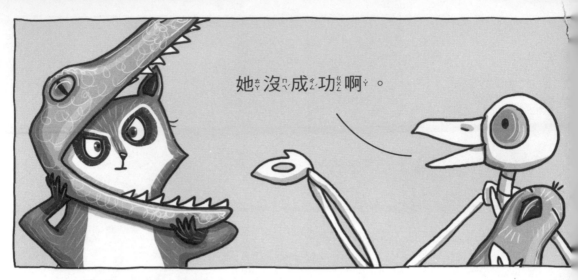

她ㄊㄚ沒ㄇㄟ成ㄔㄥ功ㄍㄨㄥ啊ㄚ。

但ㄉㄢ她ㄊㄚ曾ㄘㄥ經ㄐㄧㄥ嘗ㄔㄤ試ㄕˋ過ㄍㄨㄛ！

嗯ㄣ，這ㄓㄜ麼ㄇㄜ說ㄕㄨㄛ也ㄧㄝ是ㄕˋ啦ㄌㄚ。

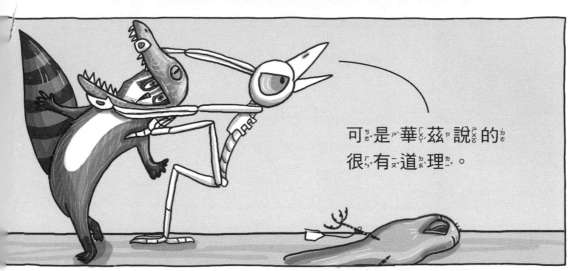

可是華茲說的很有道理。

也許之後的新警衛會更厲害，真的能除掉你。

我ㄨㄛ不ㄅㄨ懂ㄉㄨㄥ。 我ㄨㄛ又ㄧㄡ沒ㄇㄟ做ㄗㄨㄛ什ㄕㄣ麼ㄇㄜ壞ㄏㄨㄞ事ㄕ。

這ㄓㄜ樣ㄧㄤ的ㄉㄜ話ㄏㄨㄚ， 餅ㄅㄧㄥ乾ㄍㄢ是ㄕ哪ㄋㄚ來ㄌㄞ的ㄉㄜ？

我ㄨㄛ從ㄘㄨㄥ休ㄒㄧㄡ息ㄒㄧ室ㄕ借ㄐㄧㄝ來ㄌㄞ的ㄉㄜ， 是ㄕ巧ㄑㄧㄠ克ㄎㄜ力ㄌㄧ口ㄎㄡ味ㄨㄟ唷ㄧㄛ。

你ㄋㄧ偷ㄊㄡ了ㄌㄜ餅ㄅㄧㄥ乾ㄍㄢ， 你ㄋㄧ是ㄕ壞ㄏㄨㄞ蛋ㄉㄢ！

不ㄅㄨ是ㄕ， 我ㄨㄛ是ㄕ偵ㄓㄣ探ㄊㄢ， 是ㄕ專ㄓㄨㄢ門ㄇㄣ破ㄆㄛ解ㄐㄧㄝ謎ㄇㄧ團ㄊㄨㄢ、 拯ㄓㄥ救ㄐㄧㄡ博ㄅㄛ物ㄨ館ㄍㄨㄢ的ㄉㄜ偵ㄓㄣ探ㄊㄢ。

是ㄕ「 幫ㄅㄤ忙ㄇㄤ」 破ㄆㄛ解ㄐㄧㄝ謎ㄇㄧ團ㄊㄨㄢ吧ㄅㄚ。

骨爾你就承認吧！要是沒有我，你不可能破解上一個謎團。

我們靠自己也一定辦得到。華茲，對吧？

好喔，你竟然站在她那邊。

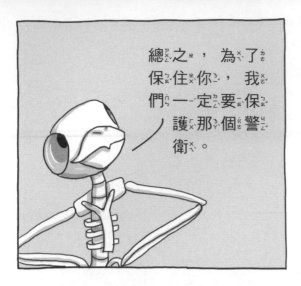

總之，為了保住你，我們一定要保護那個警衛。

你說了算。

達成目的的唯一辦法，就是破解這個謎團！

真的嗎？ 有謎團？ 我最愛謎團了！

這次是什麼謎團？ 有人（絕對不是我）不小心放走了一隻或三隻巨型蜘蛛嗎？

也ㄝ許ㄒㄩ有ㄧㄡˇ人ㄖㄣˊ（ 也ㄧㄝˇ絕ㄐㄩㄝˊ對ㄉㄨㄟˋ不ㄅㄨˋ是ㄕˋ我ㄨㄛˇ） 打ㄉㄚˇ破ㄆㄛˋ那ㄋㄚˋ一ㄧˋ套ㄊㄠˋ珍ㄓㄣ貴ㄍㄨㄟˋ的ㄉㄜ茶ㄔㄚˊ具ㄐㄩˋ， 然ㄖㄢˊ後ㄏㄡˋ用ㄩㄥˋ白ㄅㄞˊ巧ㄑㄧㄠˇ克ㄎㄜˋ力ㄌㄧˋ黏ㄋㄧㄢˊ回ㄏㄨㄟˊ去ㄑㄩˋ。 除ㄔㄨˊ非ㄈㄟ茶ㄔㄚˊ具ㄐㄩˋ變ㄅㄧㄢˋ得ㄉㄜˊ很ㄏㄣˇ燙ㄊㄤˋ， 否ㄈㄡˇ則ㄗㄜˊ不ㄅㄨˊ會ㄏㄨㄟˋ有ㄧㄡˇ事ㄕˋ。 或ㄏㄨㄛˋ者ㄓㄜˇ ——

是ㄕˋ個ㄍㄜˋ鬼ㄍㄨㄟˇ魂ㄏㄨㄣˊ謎ㄇㄧˊ團ㄊㄨㄢˊ。

無ㄨˊ聊ㄌㄧㄠˊ。

名畫的鬼魂謎團聽起來怎麼樣？

有好一點。

聽好，葛瑞絲，我們都還沒開始辦案，這個謎團的案情就已經有轉折了。

猴面蘭
美女或野獸？
科學藝想特展

猴面蘭
美女或野獸？
科學藝想特展

即將
登場

事實或虛構？
寫實或藝術？
由你決定
國立自然歷史博物館
科學藝想特展

藝術與科學
重新想像
國立自然歷史博物館
科學藝想特展

既然你堅持，我想
我可以幫個忙。你
剛剛說什麼轉折？

警衛昨天晚上
看到鬼魂了。

沒錯，華茲。狀況越來越奇怪了……博物館館長的孫女還——

她是滿怪的。

聽到它嘶嘶叫。

聽到什麼嘶嘶叫？

老鼠？

老鼠會嘶嘶叫？

當然會！
我有一次跟老鼠搶巧克力，牠對著我的臉嘶嘶叫，然後我——

這就對了！
警衛說屋頂的檢修門昨天晚上沒關。

所以根本不是鬼魂。

是老鼠！
老鼠從屋頂開口溜進來！

渡渡鳥
*Raphus cucullatus*
模里西斯
1662年最後一次

我們兩三下就能除掉老鼠。
葛瑞絲，牠們通常出現在哪裡？

69

牠們幾乎哪裡都有可能出現。

你也知道牠們喜歡巧克力，我可是很幸運才能早牠們一步拿到這塊餅乾。

不過現在一想，我已經整整一個禮拜都沒看到老鼠了。

藝術與科學
重新想像
國立自然歷史博物館
科學藝想特展

葛瑞絲，這顯然是因為牠們都到新展覽去了。

我們得在牠們被警衛發現，並且找除蟲公司過來處理前，先把牠們趕出去。

71

你們先去找老鼠，
我去找點巧克力來。

# 好ㄏㄠˇ主ㄓㄨˇ意ㄧˋ！

我ㄨㄛˇ們ㄇㄣ可ㄎㄜˇ以ㄧˇ把ㄅㄚˇ巧ㄑㄧㄠˇ克ㄎㄜˋ力ㄌㄧˋ
拿ㄋㄚˊ來ㄌㄞˊ當ㄉㄤ誘ㄧㄡˋ餌ㄦˇ。

我ㄨㄛˇ不ㄅㄨˊ是ㄕˋ這ㄓㄜˋ個ㄍㄜˋ意ㄧˋ思ㄙ。

渡ㄉㄨˋ渡ㄉㄨˋ

_phus c_

里西期

62年最

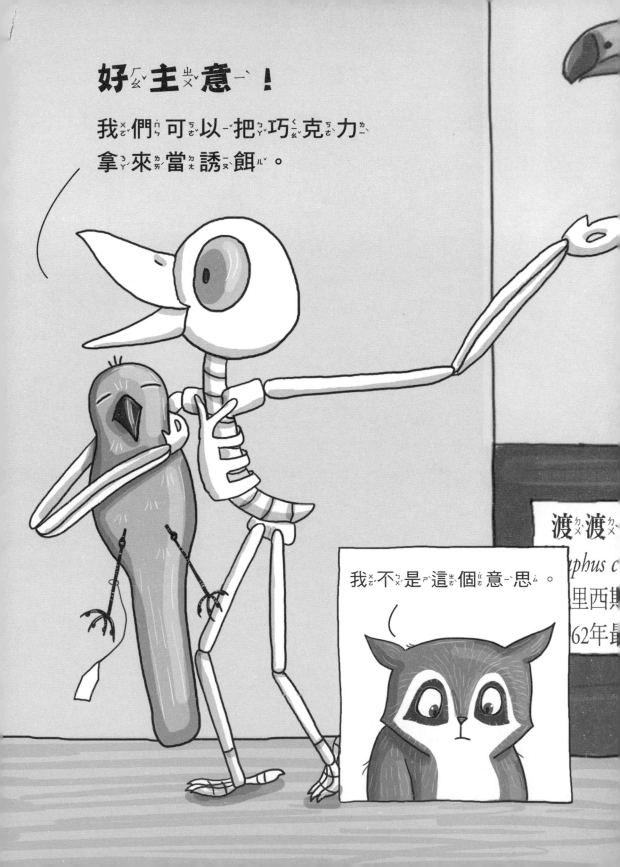

第三章　全面檢查

強大的
中生代時期

岩石

礦物

化石是什

華茲，我們直接到藝術展覽那裡去。
就別繞路——

嘿！你看！

化石是遠古生物的遺體或殘跡保存下來的結果。

骨頭、貝殼、羽毛、樹木和細菌都可能成為化石。

化石不是遺骨──是岩石。

化石化的海膽

新展出的
老東西！

化石！

華茲，我也正在想同樣的事情。

我們出發吧！

75

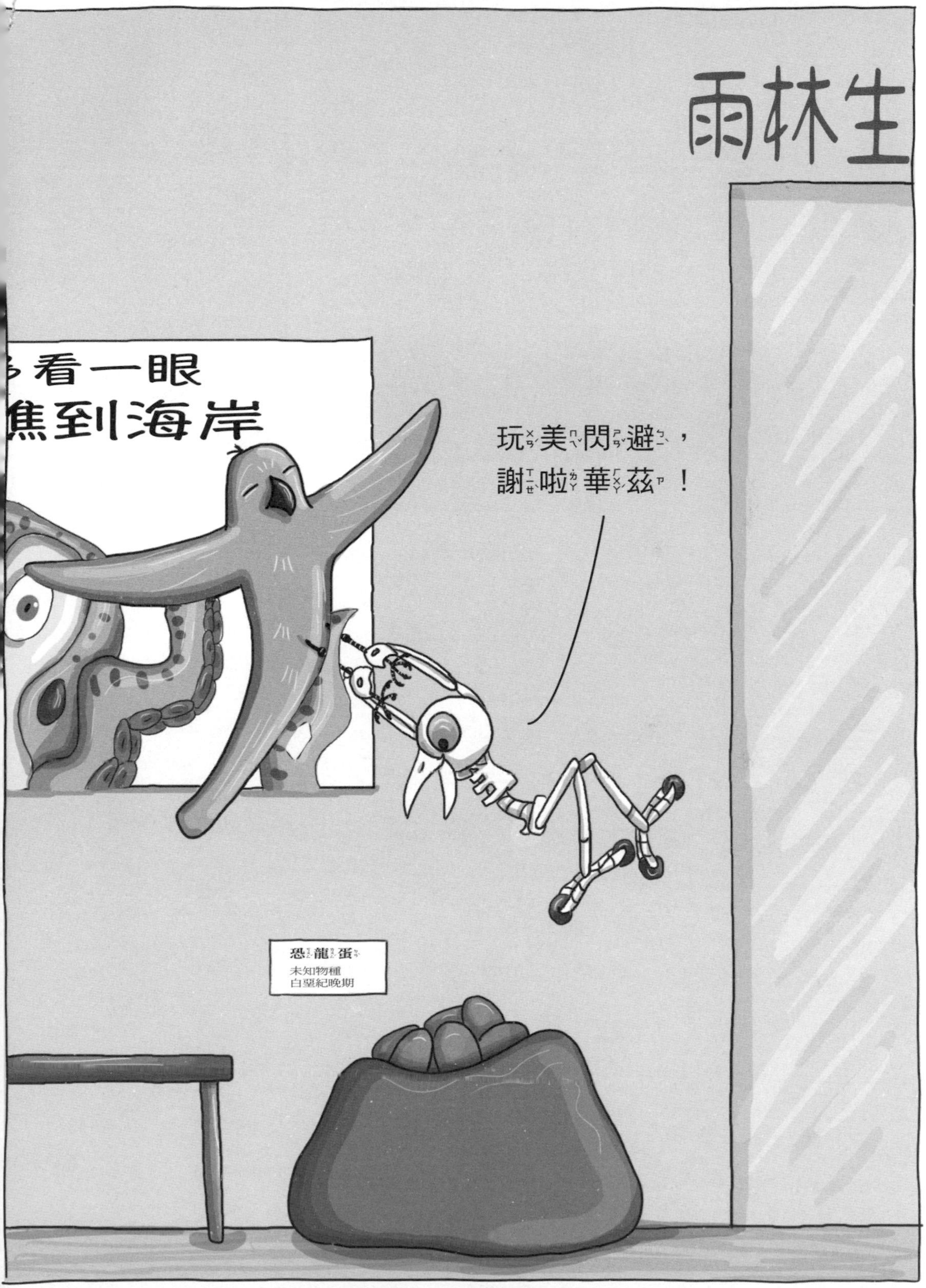
雨林生
看一眼
焦到海岸
玩美閃避，謝啦華茲！
恐龍蛋
未知物種
白堊紀晚期

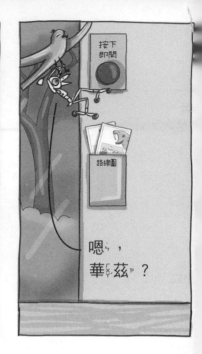

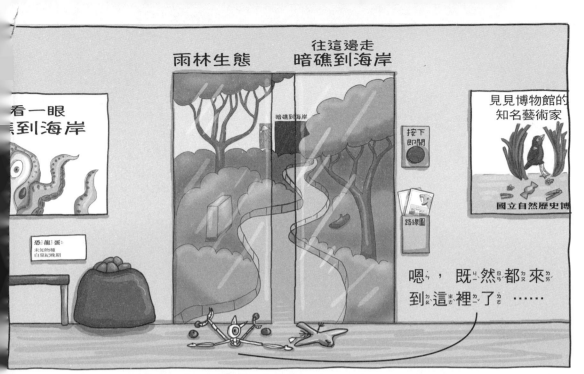

雨林生態

往這邊走
暗礁到海岸

看一眼
礁到海岸

見見博物館的
知名藝術家

國立自然歷史博

按下
即開

路線圖

嗯，，既然都來
到這裡了……

眼
海岸

我們就進去看我們最愛的博物館妖怪。

看他有沒有看到或有聽到什麼有趣的東西。

79

尼ㄋㄧˊ夫ㄈㄨ拉ㄌㄚ克ㄎㄜˋ！

# 觸摸池 2

喔ㄛ，哈ㄏ囉ㄌㄨㄛ。
你ㄋㄧ來ㄌㄞ這ㄓㄜ裡ㄌㄧ幹ㄍㄢ嘛ㄇㄚ？

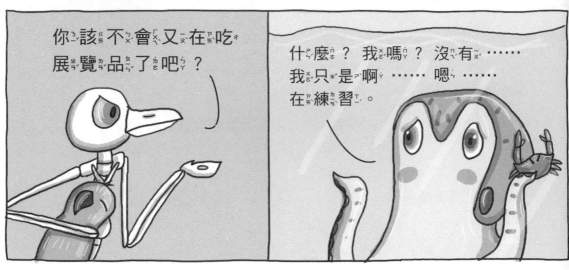

你ㄋㄧˇ有ㄧㄡˇ沒ㄇㄟˊ有ㄧㄡˇ在ㄗㄞˋ附ㄈㄨˋ近ㄐㄧㄣˋ看ㄎㄢˋ到ㄉㄠˋ老ㄌㄠˇ鼠ㄕㄨˇ？

什ㄕㄣˊ麼ㄇㄜ˙是ㄕˋ老ㄌㄠˇ鼠ㄕㄨˇ？

就ㄐㄧㄡˋ是ㄕˋ齧ㄋㄧㄝˋ齒ㄔˇ動ㄉㄨㄥˋ物ㄨˋ，有ㄧㄡˇ長ㄔㄤˊ長ㄔㄤˊ的ㄉㄜ˙尾ㄨㄟˇ巴ㄅㄚ，會ㄏㄨㄟˋ在ㄗㄞˋ晚ㄨㄢˇ上ㄕㄤˋ跑ㄆㄠˇ來ㄌㄞˊ跑ㄆㄠˇ去ㄑㄩˋ。

喔ㄛ，那ㄋㄚˋ些ㄒㄧㄝ啊ㄚ……我ㄨㄛˇ都ㄉㄡ叫ㄐㄧㄠˋ牠ㄊㄚ們ㄇㄣ˙可ㄎㄜˇ口ㄎㄡˇ毛ㄇㄠˊ球ㄑㄧㄡˊ。

所以你看到牠們了？

沒有。不知道怎麼回事，附近已經很久沒有看到老鼠了。

也許因為有個又大又可怕的掠食者一直在吃牠們。

嗯……也許喔。

尼夫拉克，你有沒有看到或聽到新展覽有什麼不尋常的事情？

嗯……像是一個小鬼魂，在晚上到處遊蕩嗎？骨爾摩斯，我們又碰上麻煩了是嗎？

不是我！我認為那個「鬼魂」其實是藝術展裡的老鼠。

嗯……你的意思是，有個藝術展覽……裡頭有美味的老鼠……以及關於鬼魂的傳聞……

也許我可以幫點忙？
我不只聰明絕頂，還能助
你「多臂之力」哦。

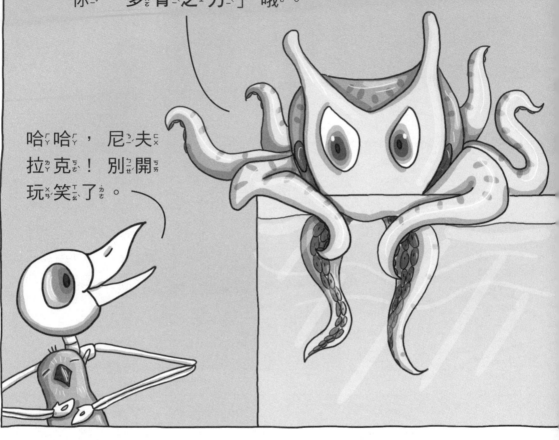

哈哈，尼夫
拉克！別開
玩笑了。

你怎麼可能幫
得了我們？

哈ㄏ哈ㄏ！華ㄏ茲ㄗ，
我ㄨㄛ同ㄊㄨㄥ意一這ㄓㄜ點ㄉ，
他ㄊ的ㄉ模ㄇㄛ仿ㄈㄤ技ㄐ巧ㄑ
真ㄓ的ㄉ很ㄏ強ㄑ。

可ㄎ是ㄕ話ㄏㄨㄚ講ㄐㄤ
到ㄉ一半ㄅㄢ消ㄒ失ㄕ
不ㄅ見ㄐ，還ㄏ是ㄕ
很ㄏ失ㄕ禮ㄉ。

鬼ㄍㄨ桉ㄢ
*Corymbia aparrerinja*

返回
博物館

真ㄓ希ㄒ望ㄨ我ㄨ有ㄧ
融ㄖㄨㄥ入ㄖ周ㄓㄡ遭ㄗ環ㄏㄨㄢ
境ㄐ的ㄉ偽ㄨ裝ㄓㄨㄤ能ㄋ
力ㄌ。

88

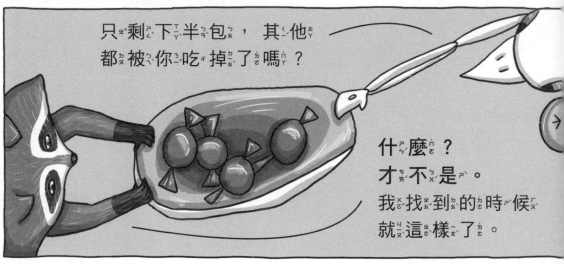

## 科學藝想特展

從美麗夢幻到
毛（ㄇㄠ）骨（ㄍㄨ）
悚（ㄙㄨㄥ）然（ㄖㄢ）

用醜陋、陰森
和恐怖的東西

把你推出舒適圈

你們看！我們終於
到了藝術展覽。

一定會很精采！

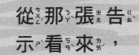

從那張告
示看來，
並不會。

美女或野

捕蠅草

*...naea m...*

被昆...
會合...

昆蟲受到葉子的
香氣吸引

哇！看看那個！
真是壯觀的迎賓
雕塑！

是啊，巨型肉食植
物最適合說「食在
高興見到你」這種
話了。

我ˇ們˙爬ˊ上ˋ去˙吧˙！視ˋ野ˇ會ˋ更ˋ好ˇ。

好ˇ好ˇ聞ˊ喔˙！它˙們˙應˙該ˉ不ˊ會ˋ真˙的˙咬ˇ我ˇ吧˙？

不ˊ要ˋ踏ˋ進ˋ它˙們˙的˙嘴ˇ巴ˉ，我ˇ們˙就ˋ不ˊ需ˉ要ˋ知ˉ道ˋ答ˊ案ˋ。

我ˇ和ˊ華ˊ茲ˉ去ˋ看ˋ一ˊ下ˋ，馬ˇ上ˋ回ˊ——

它ˉ咬ˇ我ˇ！

葛ˇ瑞ˋ絲ˉ，撐ˉ住ˋ！

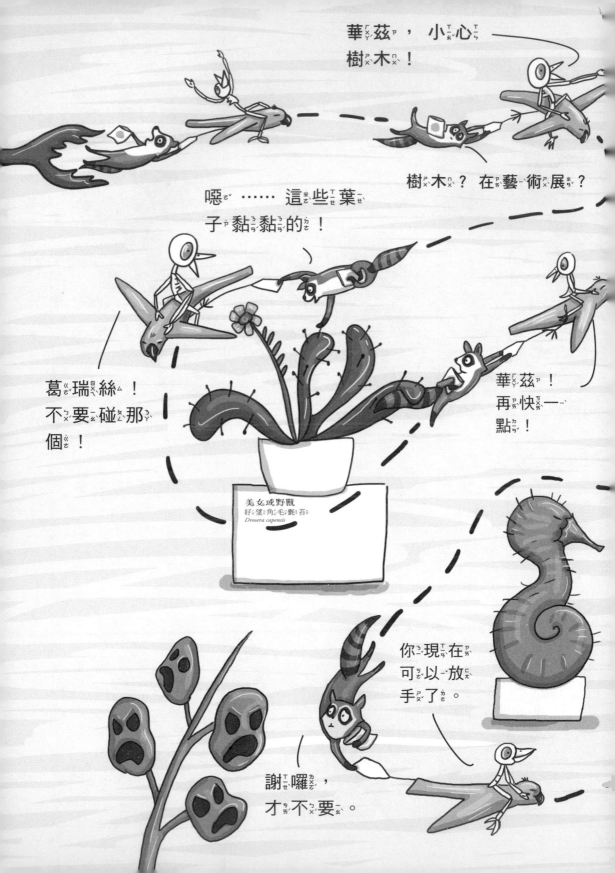

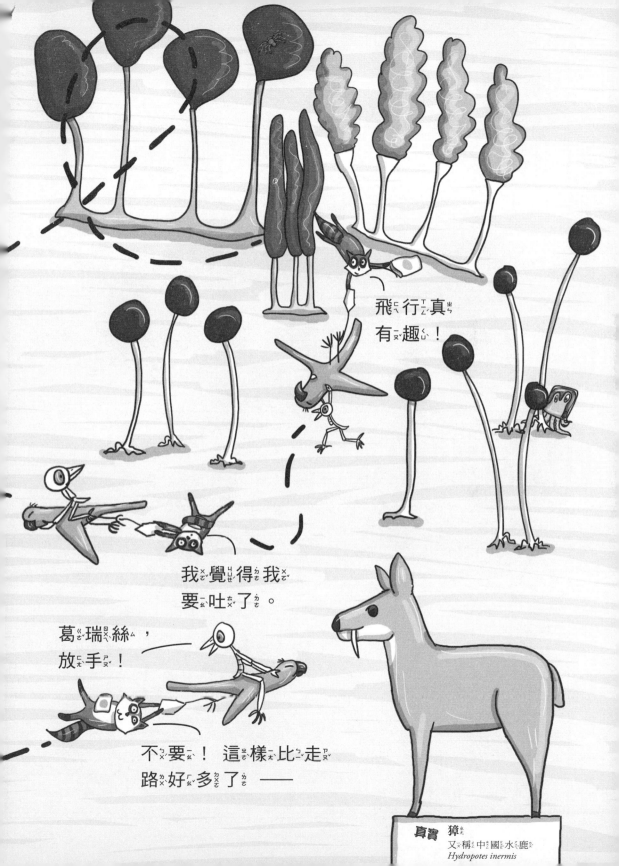

飛ㄈㄟ行ㄒㄧㄥ真ㄓㄣ
有ㄧㄡˇ趣ㄑㄩˋ！

我ㄨㄛˇ覺ㄐㄩㄝ得ㄉㄜ我ㄨㄛˇ
要ㄧㄠˋ吐ㄊㄨˋ了ㄌㄜ。

葛ㄍㄜˇ瑞ㄖㄨㄟˋ絲ㄙ，
放ㄈㄤˋ手ㄕㄡˇ！

不ㄅㄨˋ要ㄧㄠˋ！這ㄓㄜˋ樣ㄧㄤˋ比ㄅㄧˇ走ㄗㄡˇ
路ㄌㄨˋ好ㄏㄠˇ多ㄉㄨㄛ了ㄌㄜ——

真ㄓㄣ實ㄕˊ　獐ㄓㄤ
又ㄧㄡˋ稱ㄔㄥ中ㄓㄨㄥ國ㄍㄨㄛˊ水ㄕㄨㄟˇ鹿ㄌㄨˋ
*Hydropotes inermis*

哎唷，一定是我腦袋撞得太大力了，這些動物看起來好滑稽。

是啊，一點都不可怕。

虛構 鹿角兔
兔子與羚羊混種

真實 指猴
*Daubentonia madagascariensis*
世界最大的夜行性靈長類，擁有像齧齒類的牙齒，以及又長又瘦的中指。

華茲，我覺得這展覽不合我們的胃口。

你們覺得我們死掉了嗎？

嚴格來說，我和華茲已經死了。可是別擔心，我想我們是在藝術展覽裡沒錯。

如果這就是藝術展……還滿讓人不安的。

叮鈴
叮鈴

叮鈴
叮鈴

哈囉？
有人嗎？

喔不！不能讓她看到我們。快躲起來！

**虛構** 落熊
無尾熊的凶惡表親，會撲向毫無警戒心的遊客。

真

這些展覽品讓我好緊張。

**虛構** 落熊
無尾熊的凶惡表親，會撲向毫無警戒心的遊客。

**真實** 菲律賓鼯猴
*Cynocephalus volans*

飛蜥
*Draco volans*

感謝老天，休息時間到了。

結束巡邏之前，我想先泡杯茶搭配最後一塊餅乾，平復一下心情。

葛瑞絲！你偷了她最後一塊餅乾對吧？

對，可是我學到了很珍貴的事情。

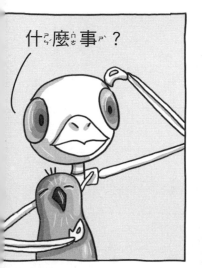

什麼事？

她也喜歡巧克力，我想我們開始有默契了。

天啊……

你ㄋㄧˇ有ㄧㄡˇ沒ㄇㄟˊ有ㄧㄡˇ過ㄍㄨㄛˋ一ㄧˋ種ㄓㄨㄥˇ「有ㄧㄡˇ東ㄉㄨㄥ西ㄒㄧ盯ㄉㄧㄥˇ著ㄓㄜ你ㄋㄧˇ」的ㄉㄜ詭ㄍㄨㄟˇ異ㄧˋ感ㄍㄢˇ覺ㄐㄩㄝˊ？

嗯ㄣ，有ㄧㄡˇ。就ㄐㄧㄡˋ是ㄕˋ現ㄒㄧㄢˋ在ㄗㄞˋ。

嘿ㄏㄟ，葛ㄍㄜˋ瑞ㄖㄨㄟˋ絲ㄙ，「獅ㄕ虎ㄏㄨˇ」是ㄕˋ在ㄗㄞˋ什ㄕㄣˊ麼ㄇㄜ時ㄕˊ候ㄏㄡˋ走ㄗㄡˇ進ㄐㄧㄣˋ展ㄓㄢˇ間ㄐㄧㄢ的ㄉㄜ？

我ㄨㄛˇ不ㄅㄨˋ知ㄓ道ㄉㄠˋ。就ㄐㄧㄡˋ是ㄕˋ「似ㄙˋ乎ㄏㄨ該ㄍㄞ走ㄗㄡˇ」的ㄉㄜ時ㄕˊ候ㄏㄡˋ！

那我們走吧！
警衛說得對，
這個地方令
人發毛。

我猜他們說
的「把你推
出舒適圈」
就是這個意
思。

那個，我的舒適圈
在那個方向，在出
口的另一側。

我想藝術家是想透過作品表達理念。

看來是在說「嘿，大家，我是個怪人！」

更像是在說「讓我們來看看動物的多樣性有多神奇，還有人類是怎麼想像牠們的。」

哈～姆。
滿無聊的。
我覺得我的說法比較好。

真實

我願意給這個小傢伙一顆巧克力，但它看起來沒什麼胃口。

我想我們應該找找老鼠，或者有老鼠的證據。

喔，太好了。你們知道我討厭老鼠吧？

牠們救了你，讓你躲過了除蟲的人，記得嗎？

好吧。你們去找老鼠，我來找老鼠便便。

我怎麼會淪落到找便便呢？

真實 鱷雀鱔 *Atractosteus spatula* 活化石

我只找到了這團白毛。

葛瑞絲你眼睛真好，這些小毛團到處都是。

你覺得這是鼠毛嗎？

不是，華茲說它太蓬鬆了。

也許是老鼠為了做窩，從某個蓬鬆的東西扯下來的？

可口巧巧

104

有可能，但目前只能證明今天博物館閉館之後，沒人來吸過地板。

可是清潔人員一定來過了，玻璃櫃非常乾淨呢。

真實

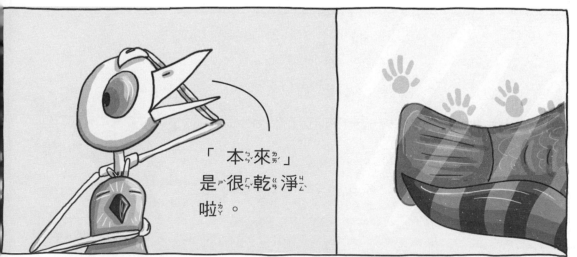

「本來」是很乾淨啦。

華茲，這也是有可能。可能清潔人員今天忘記吸地板了。

或者他們嚇到沒打掃完就離開了。

華茲，滿有道理的。

嘿，是我說的耶。

對啦。可是如果他們沒吸地板，那為什麼除了這個毛團，地上沒有任何灰塵呢？

我就是這個意思啊。

不ㄅㄨˋ是ㄕˋ。 不ㄅㄨˊ過ㄍㄨㄛˋ關ㄍㄨㄢ於ㄩˊ鬼ㄍㄨㄟˇ魂ㄏㄨㄣˊ還ㄏㄞˊ有ㄧㄡˇ老ㄌㄠˇ鼠ㄕㄨˇ消ㄒㄧㄠ失ㄕ不ㄅㄨˊ見ㄐㄧㄢˋ的ㄉㄜ原ㄩㄢˊ因ㄧㄣ， 也ㄧㄝˇ許ㄒㄩˇ你ㄋㄧˇ是ㄕˋ對ㄉㄨㄟˋ的ㄉㄜ。

我ㄨㄛˇ在ㄗㄞˋ想ㄒㄧㄤˇ， 該ㄍㄞ是ㄕˋ調ㄉㄧㄠˋ查ㄔㄚˊ那ㄋㄚˋ幅ㄈㄨˊ鬧ㄋㄠˋ鬼ㄍㄨㄟˇ名ㄇㄧㄥˊ畫ㄏㄨㄚˋ的ㄉㄜ時ㄕˊ候ㄏㄡˋ了ㄌㄜ！

鱷ㄜˋ雀ㄑㄩㄝˋ鱔ㄕㄢˋ
*Atractosteus spatula*
活化石

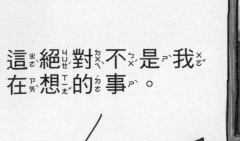

這<sub>ㄓㄜ</sub>絕<sub>ㄐㄩㄝ</sub>對<sub>ㄉㄨㄟ</sub>不<sub>ㄅㄨ</sub>是<sub>ㄕ</sub>我<sub>ㄨㄛ</sub>在<sub>ㄗㄞ</sub>想<sub>ㄒㄧㄤ</sub>的<sub>ㄉㄜ</sub>事<sub>ㄕ</sub>。

哎ㄞ唷ㄧㄛ！
有ㄧㄡ妖ㄧㄠ怪ㄍㄨㄞ！
有ㄧㄡ妖ㄧㄠ怪ㄍㄨㄞ！

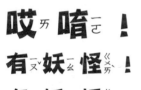

冷ㄌㄥ靜ㄐㄧㄥ，這ㄓㄜ些ㄒㄧㄝ只ㄓ是ㄕ被ㄅㄟ放ㄈㄤ大ㄉㄚ成ㄔㄥ怪ㄍㄨㄞ獸ㄕㄡ尺ㄔ寸ㄘㄨㄣ的ㄉㄜ小ㄒㄧㄠ小ㄒㄧㄠ蟎ㄇㄢ蟲ㄔㄨㄥ而ㄦ已ㄧˇ。

你ㄋㄧ看ㄎㄢ，解ㄐㄧㄝ說ㄕㄨㄛ牌ㄆㄞ說ㄕㄨㄛ牠ㄊㄚ們ㄇㄣ通ㄊㄨㄥ常ㄔㄤ寄ㄐㄧ生ㄕㄥ在ㄗㄞ頭ㄊㄡ髮ㄈㄚ、皮ㄆㄧ膚ㄈㄨ和ㄏㄜ毛ㄇㄠ皮ㄆㄧ裡ㄌㄧ。

**蠕ㄖㄨ形ㄒㄧㄥ蟎ㄇㄢ**
*Demodex* sp.
常見的蟎蟲，寄生在哺
乳動物的頭髮、毛皮和
皮膚裡。
尺寸：0.1～0.3公釐

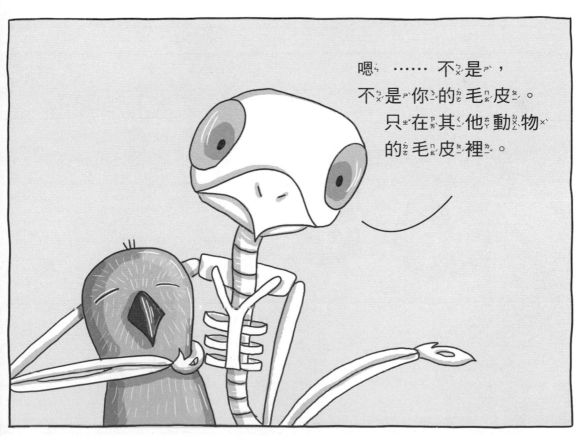

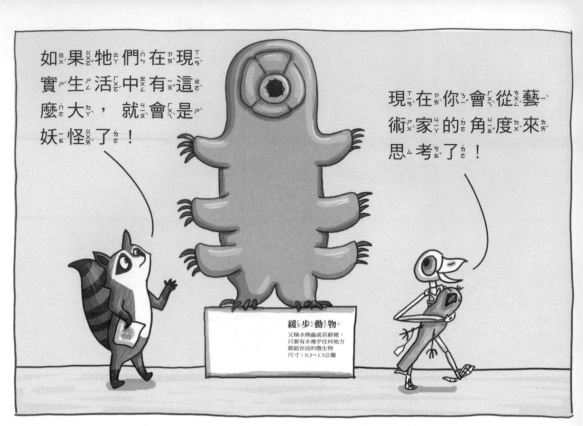

如果牠們在現實生活中有這麼大，就會是妖怪了！

現在你會從藝術家的角度來思考了！

緩步動物
又稱水熊蟲或苔蘚豬，
只要有水幾乎任何地方
都能存活的微生物
尺寸：0.3～1.5公釐

所以這個藝術家想要嚇唬人？難怪那個警衛提心吊膽。

如果是我，也不會想要晚上待在這裡。

可是，我們就是在晚上到這裡來。

這就是重點了。

嘿，葛瑞絲，看看這幅靜物畫。

費氏數列螺線
$X_{n+2} = X_{n+1} + X_n$

怎麼樣？

這幅畫不會讓人感動。發現笑點了嗎？「靜」物畫不會讓人感「動」。

# 碎形
類似圖案永無止盡的重複

大自然裡的碎形結構

打造專屬於你的碎形吧！

碎形和你

這個藝術作品會把你的相片置入稱作「碎形」的複製幾何圖形。

有些碎形可以複製的次數有限，有些碎形則可以無限重複。

調整這個數學方程式的幾個變數，圖案（以及藝術品）也會跟著改變

骨爾你再跟我說一次，我們為什麼要來這裡？

為了找到那幅鬧鬼的名畫。

## 碎形和你

這個藝術作品會把你的相片置入稱作「碎形」的重複幾何圖形。

有些碎形可以複製的次數有限，有些碎形則可以無限重複。

調整這個數學方程式裡的幾個變數，圖案（以及藝術品）也會跟著改變。

對我來說，這幅就在鬧鬼。

我們在找的是九頭蛇的畫。九頭蛇是——

九頭蛇是希臘神話中有很多顆蛇頭的怪獸。
牠相當致命，連呼出的氣息都有毒。

怎樣？我待過的上一個博物館有過很棒的古希臘展覽啊。

這個九頭蛇到底有什麼特別的啊？

這個嘛，特別的其實是關於這幅畫的傳說。

**藝術＋數學**
**九頭蛇**

有個數學遊戲提到有棵在底部有一根樹根、頂部有好幾叉分枝的樹。

這棵樹每被砍掉一條分枝，就會再長出X條分枝。

這個遊戲源自希臘神話大力士海力克斯必須殺死九頭蛇的故事。在故事中，每當海力克斯砍掉一顆蛇頭，九頭蛇就會再長出兩顆蛇頭。

**鬧鬼九頭蛇名畫的傳說**

這幅畫在皇家博物館展出時，發生了好幾起神祕事件。目擊者說，九頭蛇曾在晚上活過來，毀掉展覽品和陳列。

不過皇家博物館否認這幅畫作鬧鬼，並且將畫作出借給這次的科學藝想特展展出。

顯然，這幅畫的鬼魂會在晚上活過來搞破壞。

## 鬧鬼九頭蛇名畫的傳說

這幅畫在皇家博物館展出時，發生了好幾起神祕事件。目擊者說，九頭蛇會在晚上活過來，毀掉展覽品和陳列。

不過皇家博物館否認這幅畫作鬧鬼，並且將畫作出借給這次的科學藝想特展展出。

如果知道這幅畫會闖禍，博物館為什麼要拿出來展示？

我覺得這就要看你相不相信鬼魂了。但無論如何，這樣做都會吸引很多訪客。

嘎啊……

葛瑞絲，別傻了。
這些是蛇頭，是嘶
嘶叫才對……

滿可怕的。
我幾乎可以
聽到牠在吼
我們了。

嘎啊……

等等！
我也聽到吼
聲了！

嘎啊……

從這邊傳來的！
我們走！

華茲，我聽不到那個吼聲了。

葛瑞絲，你還聽得到嗎？

葛瑞絲？

糟糕！有東西抓住葛瑞絲了！

剛剛的吼聲是誘餌！我們必須趕回去。

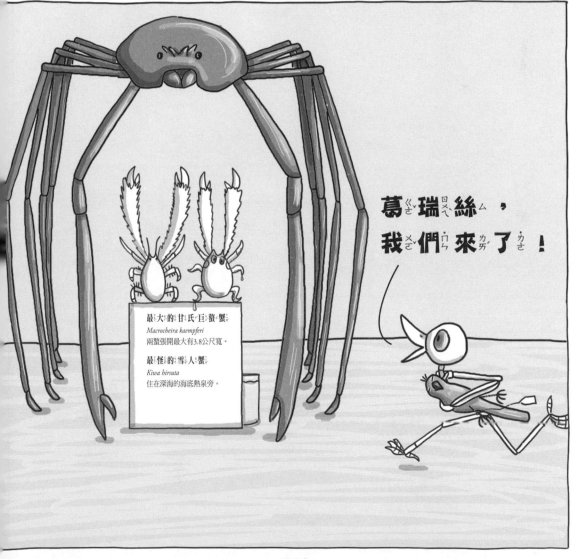

葛瑞絲，我們來了！

最大的甘氏巨螯蟹
*Macrocheira kaempferi*
兩螯張開最大有3.8公尺寬。

最怪的雪人蟹
*Kiwa hirsuta*
住在深海的海底熱泉旁。

所以你才撕破這些訪客指南嗎？

不是我撕的。

一眼海岸

國立自然歷史博物館 訪客

多看一眼 暗礁到

絕種 或 現存？ 生物多樣性特展

如果不是你撕的，那一定是老鼠！

或者是九頭蛇！展示牌寫說牠會破壞東西。

嘶嘶……

很適合拿來宣傳呢。

這樣子大家就會從老遠跑來看這幅鬼的名畫。大來鬧畫。

章魚

螃蟹
蚤狀幼體

斑馬魚
*Danio rerio*

絕種
或
現存？
生物多樣性特展

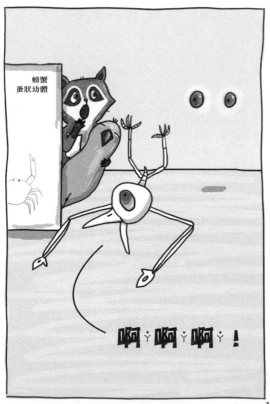

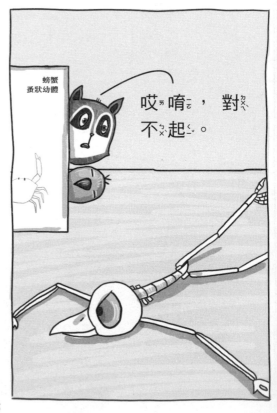

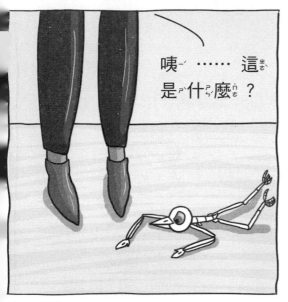

咦……這是什麼？

我對你沒什麼印象，一定是今天才送過來的。

該拿你怎麼辦呢？你看起來滿滑稽的。

我是個頭很大的骷髏。

看我唱唱又跳跳！

啦啦～啦！
我不能「身請」參加舞會～

啦啦～啦！
也不能「皮笑肉不笑」～

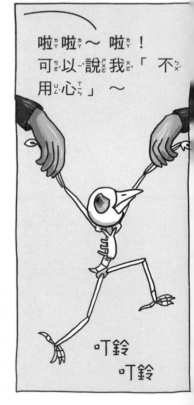

啦啦～啦！
可以說我「不用心」～

叮鈴
叮鈴

哎ㄞ呀ㄚ！

啊ㄚ啊ㄚ！

叮鈴

天ㄊㄧㄢ啊ㄚ，你ㄋㄧ嚇ㄒㄧㄚ到ㄉㄠ我ㄨㄛ了ㄌㄜ。我ㄨㄛ叫ㄐㄧㄠ柏ㄅㄛ林ㄌㄧㄣ，是ㄕ參ㄘㄢ加ㄐㄧㄚ這ㄓㄜ次ㄘ展ㄓㄢ覽ㄌㄢ的ㄉㄜ一ㄧ位ㄨㄟ藝ㄧ術ㄕㄨ家ㄐㄧㄚ。

抱ㄅㄠ歉ㄑㄧㄢ，我ㄨㄛ不ㄅㄨ知ㄓ道ㄉㄠ這ㄓㄜ裡ㄌㄧ還ㄏㄞ有ㄧㄡ人ㄖㄣ。我ㄨㄛ是ㄕ警ㄐㄧㄥ衛ㄨㄟ艾ㄞ琳ㄌㄧㄣ。

叮鈴

我正在拍攝「鬼魂」弄出來的一團亂，要放到社群媒體上。這樣可以吸引很多人來參加明天的開幕。

所以真的有鬼魂？你不擔心撞見它嗎？

我想我不會「撞上」鬼魂，我還比較擔心會遇見昨晚趁著屋頂檢修門沒關好，溜進來的害蟲。

不用擔心那個，清潔人員今天早上加了新的鎖。

雖然鑰匙已經弄丟了……

可是至少那個檢修門短期之內不會再開。

你要是看到害蟲再通知我，尤其是有條紋的。我已經在手機存好除蟲公司的電話了。

如果我碰到活的動物，你一定會聽到我放聲尖叫。

哈哈哈哈哈哈哈！！！

我最好回去巡邏了。需要我的時候再喊一聲。

你要回休息室嗎？

我正要往那邊走呢。

骨爾，你還好嗎？

葛瑞絲，你把我撞出我們躲起來的地方。要是警衛看到我怎麼辦？

那是意外。剛剛眼睛發著紅光的鬼就在我的後方。

會發光的眼睛？

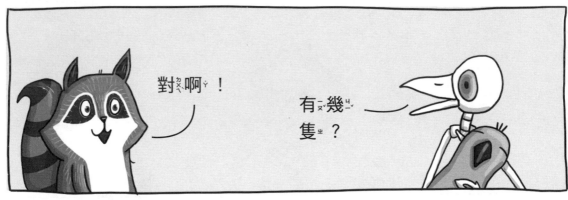

對啊！

有幾隻？

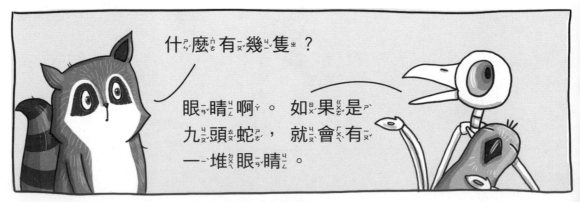

什麼有幾隻？

眼睛啊。如果是九頭蛇，就會有一堆眼睛。

那個鬼魂有兩隻眼睛。

只有兩隻？聽起來像是老鼠。

章魚

螃蟹
溞狀幼體

斑馬魚
*Danio rerio*

我想我分得出是鬼魂還是老鼠。它剛剛就在那邊。

不管是什麼，它都已經不在原地了。

也許我們應該找找跟鬼魂有關的線索。

我覺得我們應該集中火力在那個藝術家身上。

他就跟他的藝術一樣，

**可疑又靠不住。**

我覺得他沒那麼可疑。

華茲你說什麼？你也是這樣想？你怎麼可以這麼說呢？

首先，這麼晚了他還到處亂晃，連警衛都不知道他在這裡。

再來，如果名畫鬧鬼的謠言傳出去，對他來說有好處。

最後，他自己就在拍攝照片、散布謠言。

好吧，他是得清掉那團亂啦，可是也沒那麼亂。

這麼說的話，博物館館長不也是嫌疑犯嗎？訪客越多，他也會從中獲益。

什麼？不可能！

好吧，也許有一點啦。

137

哦！ 那個藝術家的工作臺。
我們上去瞧瞧吧。

為什麼？

找線索啊。

找什麼的線索？

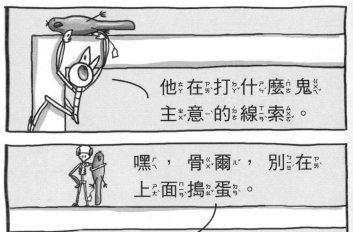

他在打什麼鬼主意的線索。

嘿，骨爾，別在上面搗蛋。

他可能會回來。

別擔心，我們很專業的。

138

嘿，華茲。為什麼藝術家不能到處亂跑？

因為他被框列了。

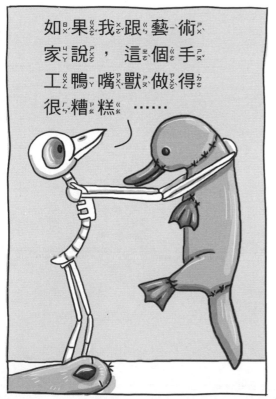

如果我跟藝術家說，這個手工鴨嘴獸做得很糟糕……

你覺得他能理解嗎？

華茲，別用那個語氣跟我講話。

嘎～嘎！

嘎～嘎！嘎～嘎！

那是什麼聲音？

嘎～嘎！

噓，葛瑞絲！什麼意思啦？

喀哩 喀啦

喀哩 喀啦

喔，意思是有人來了。

快躲起來！

天啊！

我的鴨嘴獸看起來凹凸不平！

我趕快處理一下……

哇喔！我看到鬼魂了！它救了你！

你看到它了？

對啊，它是隱形的。

這樣你怎麼知道是鬼魂，而不是老鼠？

因為老鼠不會隱形。

有道理！它往哪裡去了？

我不知道，記得我說它是隱形的嗎？

還好它留下了我們可以追蹤的痕跡。

嘻嘻。

走吧！

嘿，葛瑞絲，
想搭個便車嗎？

不，
謝了。

太遲了！
葛瑞絲，
抓好！

喔不！
我的巧克力！

很高興見到你，葛瑞絲。

哼。

嘿，葛瑞絲，你知道狐猴在哪裡上舞蹈課嗎？

不知道。

在「狐蹈中心」！

哇！好久不見！

骨爾，為什麼這麼多藝術作品的主題都跟數學有關？

我猜因為那是「數一數二」的好題材。

好答案！

對稱
一側對應出另一側

哐啷！

葛瑞絲，我們還在藝術展覽裡。那是一棵用紙做成的樹。

感謝老天，我們又回到森林展廳了。

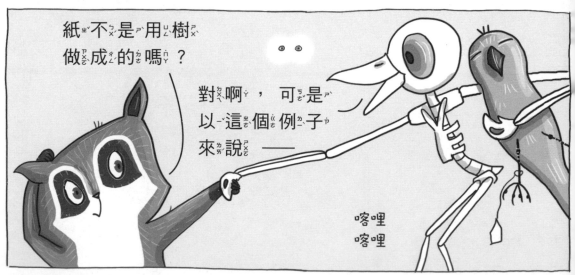

紙不是用樹做成的嗎？

對啊，可是以這個例子來說——

喀哩
喀哩

陽庭足
又稱「海蛇尾」

砰！

轟！

蛛蟹
蚤狀幼體

葛瑞絲，快回頭！我們必須抓到它。

可是那是鬼魂，鬼魂是抓不到的！

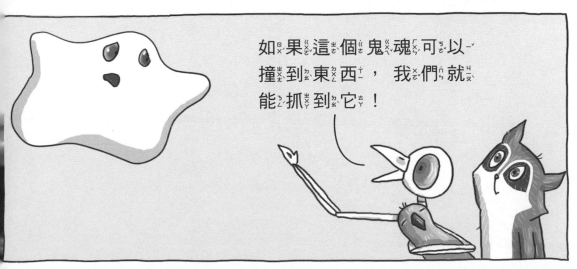

如果這個鬼魂可以撞到東西，我們就能抓到它！

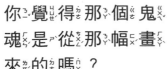

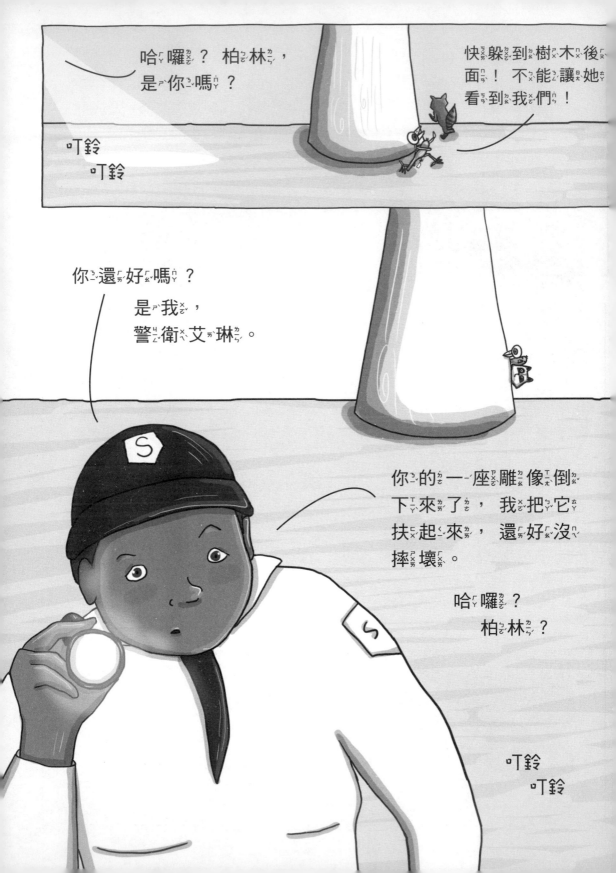

華茲，好主意。這棵樹是空心的。

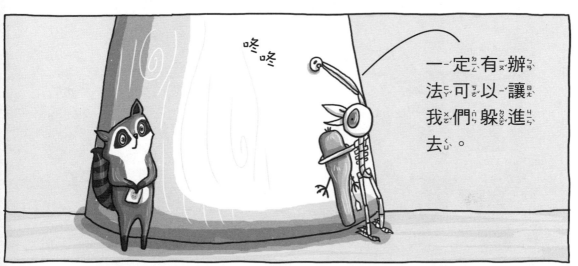

一定有辦法可以讓我們躲進去。

我們來找開口。我來檢查這一面，葛瑞絲，你去檢查那一邊。

好，我正在看。

五秒原則！

嗯……仔細一想，也許這一塊就不要吃了也好。

他一定是個髒亂的藝術家。

喔，地上還有根羽毛！

骨ㄍㄨˇ爾ㄦˇ！ 我ㄨˇ找ㄓㄠˇ到ㄉㄠˋ東ㄉㄨㄥ西ㄒㄧ了ㄌㄜ，這ㄓㄜˋ可ㄎㄜˇ能ㄋㄥˊ是ㄕˋ個ㄍㄜˋ線ㄒㄧㄢˋ索ㄙㄨㄛˇ！

砰！
砰！

骨ㄍㄨˇ爾ㄦˇ，你ㄋㄧˇ敲ㄑㄧㄠ太ㄊㄞˋ大ㄉㄚˋ力ㄌㄧˋ了ㄌㄜ，她ㄊㄚ會ㄏㄨㄟˋ聽ㄊㄧㄥ到ㄉㄠˋ你ㄋㄧˇ的ㄉㄜ！ 噓ㄒㄩ——

嘶嘶！
喀哩！

骨ㄍㄨˇ爾ㄦˇ？

# 逮ㄉㄞ\到ㄉㄠ\你ㄋㄧ\們ㄇㄣ\了ㄌㄜ˙！

叮鈴
叮鈴

怎麼搞的？！
死掉的動物在跳舞？

這肯定是我所看過最醜，也最詭異的藝術作品了。
簡直就像是從惡夢裡跑出來的東西。

叮鈴
叮鈴

我想我很適合再休息一下，而且絕對有資格再吃一、兩顆巧克力。

叮鈴
叮鈴

嘎啊……

她跟我簡直天生一對。

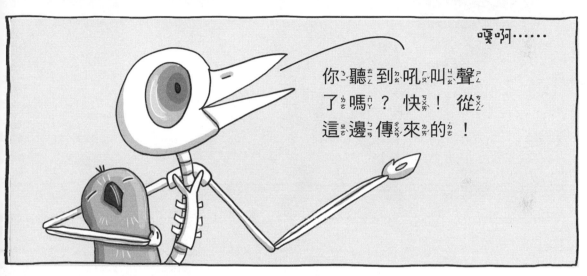

嘎啊……

你聽到吼叫聲了嗎？快！從這邊傳來的！

嘎啊…… 嘎啊……

可是骨爾，我剛剛才在那邊找到東西耶！

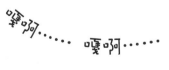
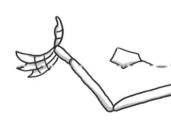

鬼魂的
腳印？

一一分ㄈㄣ鐘ㄓㄨㄥ以ㄧ前ㄑㄧㄢ
還ㄏㄞ沒ㄇㄟ有ㄧㄡ啊ㄚ！

骨ㄍㄨ爾ㄦ！
等ㄉㄥ等ㄉㄥ我ㄨㄛ！

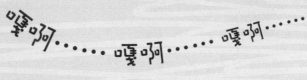

真實

會爬樹的袋鼠
盧氏樹袋鼠
*Dendrolagus lumboltzi*

嘎啊⋯⋯ 嘎啊⋯⋯ 嘎啊⋯⋯

好吧，我們
來悄悄接近
那個發出吼
聲的東西。

你確定這
是個好主
意嗎？

獸

nchus anatinus

家以為鴨嘴
里、鴨子，
頜組裝而成

說法才是真的呢？

### 三隻盲老鼠

三隻老鼠眼睛看不見、
三隻老鼠眼睛看不見、
三隻老鼠眼睛看不見。
你看牠們跑跑跑。
你看牠們跑跑跑。
全都追著農夫太太跑，
為她用菜刀切了鼠尾
你看過這樣的事嗎？
老鼠跑跑跑。

## 三隻盲老鼠

三隻老鼠眼睛看不見、
三隻老鼠眼睛看不見、
三隻老鼠眼睛看不見。
你看牠們跑跑跑。
你看牠們跑跑跑。
全都追著農夫太太跑，
因為她用菜刀切了鼠尾巴。
你曾看過這樣的事嗎？
三隻盲老鼠跑跑跑。

## 白化症

動物、植物或人體缺乏色素的現象。

白化症常會導致眼睛虹膜缺乏顏色，引發眼睛對焦與距離感方面的視力問題。

在大自然中，動物也會因此缺乏保護色。

當然說得通！藝術家對三隻盲老鼠有自己的看法。

那不是我的意——

注意他使用了「白化老鼠」這個詞來代替「盲老鼠」。白化動物缺乏色素，常常讓牠們的眼睛泛紅，也會導致視力變差。

看到這些老鼠戴了矯正鏡片嗎？

哈～姆。

那個什麼無聊白化症沒辦法解釋為什麼三隻盲老鼠只剩兩隻，也沒辦法說明為什麼牠們被扯破了。

華茲，確實是啊。展示牌寫的是三隻完整的老鼠。

這一定是那個藝術家弄的。

那個藝術家？

咆嘟!

對啊，那個藝術家。聽起來他現在又在破壞展覽品了！我們快去監視他。

可是骨爾，那也不合理啊！

咆嘟!

169

真實　鱷雀鱔
*Atractosteus spatula*
活化石

真實　會爬樹的袋鼠
盧氏樹袋鼠
*Dendrolagus lumholtzi*

鴨嘴獸
*Ornithorhynchus anatinus*
最初科學家以為鴨嘴獸是由河狸、鴨子以及爬蟲類組裝而成的騙局。

你覺得哪個說法才是真的呢？

三隻瞎老鼠　白化症

想想嘛！他希望很多人看到他的奇怪展覽，還要用這個「鬼魂」來引起大家的注意。

可是真的有鬼魂。我們都看到了。

# 顯微鏡之下

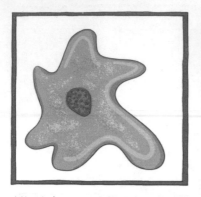

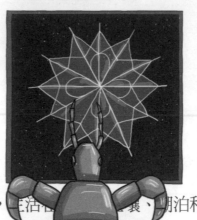

變形蟲：又稱阿米巴原蟲，生活在河流、湖泊和人體裡的單細胞生物。

**蝨子**
*Pediculus humanus*
尺寸：2～3公釐

## 顯微獸

*並非實際大小

**疥蟎**
*Sarcoptes scabiei*
寄生在哺乳動物皮膚上
的常見蟎蟲
尺寸：最大達0.45公釐

嗯……
華茲，我想你
說得對。藝術
家破壞了藝術
作品，但這真
的不合理。

嘿，是我
先說的！

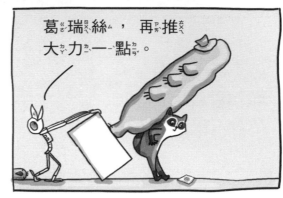

我才不是老鼠，你才是。

喔，不好意思，真抱歉。

我不知道你原來是我們袋貂同胞啊。

我叫茉莉，很高興認識你。

我叫作葛瑞絲，你跟我以前看過的負鼠長得不太一樣呢。

我不是負鼠，我是袋貂。

我從來沒聽過袋貂。

我是非常特別的澳洲袋貂。

因為你的毛皮是全白的？

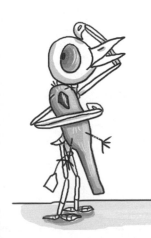

我特別的地方可不只是白化症。

175

你在這裡幹嘛？

哈囉，我是藝術展覽的一部分。

我白天睡在那邊 —— 假裝是袋貂，晚上我就在博物館裡遊蕩。

真實
薄荷島眼鏡猴
*Carlito syrichta*
眼鏡猴是現今所知最小的靈長類之一⋯

176

真的嗎？這行為聽起來超級可疑的。

華茲，才沒有，我才不是要說聽起來很耳熟。

所以，茉莉，你有看到老鼠嗎？

沒有，這間博物館連一隻小老鼠也沒有。

這樣很棒，老鼠是髒兮兮的小生物。

可是你就不介意蟑螂嗎？

喔，這是……嗯……我的寵物……嗯……叫雷吉。

雷吉好乖唷。

那鬼魂呢？比方說，九頭蛇的鬼魂。

鬼魂？ 九頭蛇？
別傻了。
哈哈哈。
哈哈哈！
哈哈哈！！！
哈哈哈！！！
哈哈哈！！！
哈哈哈！！！

你們為什麼不好好待在本來的地方？ 這裡一切都很好。

可是有東西在破壞展覽品！

所以呢？

我們的職責就是要找出凶手並保護博物館。

179

嗯ㄣ……
那ㄋㄚˋ是ㄕˋ什ㄕㄣˊ麼ㄇㄜ˙？

巧ㄑㄧㄠˇ克ㄎㄜˋ力ㄌㄧˋ。

這ㄓㄜˋ很ㄏㄣˇ好ㄏㄠˇ吃ㄔ哦ㄛ˙，
大ㄉㄚˋ家ㄐㄧㄚ都ㄉㄡ喜ㄒㄧˇ歡ㄏㄨㄢ巧ㄑㄧㄠˇ
克ㄎㄜˋ力ㄌㄧˋ。
我ㄨㄛˇ是ㄕˋ想ㄒㄧㄤˇ請ㄑㄧㄥˇ你ㄋㄧˇ吃ㄔ
啦ㄌㄚ，但ㄉㄢˋ我ㄨㄛˇ只ㄓˇ剩ㄕㄥˋ
下ㄒㄧㄚˋ這ㄓㄜˋ一ㄧ個ㄍㄜˋ……

我可以幫你找到鬼魂，交換條件是那個巧克力。

不，謝了。葛瑞絲永遠不會——

這樣我們就可以離開這個令人發毛的展覽嗎？

一言為定。

嗅嗅

所以ˇ，茉ㄇㄛˋ莉ㄌㄧˋ……你ㄋㄧ在ㄗㄞˋ這ㄓㄜˋ個ㄍㄜˋ藝ㄧˋ術ㄕㄨˋ展ㄓㄢˇ覽ㄌㄢˇ裡ㄌㄧˇ多ㄉㄨㄛ久ㄐㄧㄡˇ了ㄌㄜ？

從ㄘㄨㄥˊ展ㄓㄢˇ覽ㄌㄢˇ開ㄎㄞ始ㄕˇ以ㄧˇ來ㄌㄞˊ有ㄧㄡˇ幾ㄐㄧˇ年ㄋㄧㄢˊ了ㄌㄜ吧ㄅㄚ。

白化症有個好處。

特別是在藝術展覽裡。

你們有沒有注意到過，所有的牆壁和陳列都是白色的？

而我，全身也是白色的……

所以我可以消失不見。

最棒的是，這裡不會有掠食者。

滅除害蟲的人呢？

嗯，我以前的確遇過幾次……

可是在這間博物館裡不用擔心，**因為這裡沒有老鼠。**

好了，不好意思，我必須去準備這一餐了。

巧克力有什麼好準備的啊？

我不確定她講的是不是巧克力啦。

第八章
「石」在太棒了

對稱
一側對應出另一側

走得好。
我們不需
要任何人
的幫忙。

她一定會回
來的。我們
應該到靠近
出口的那邊
等她。

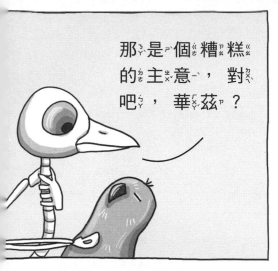

那是個糟糕的主意，對吧，華茲？

好吧。 我們可以找找線索。

嗯……一根羽毛。

虛構　艙底鼠
在船艙底部生活的老鼠。

更多抓痕。

我找到更多被弄壞的……

嗯……藝術？

那是海盜鼠嗎？

那麼這肯定是一隻「藝鼠」。

我們現在要做什麼？

我們正在找線索。

我們找到一根羽毛和——

一根羽毛？我對鳥類有點興趣，可以看看嗎？

骨爾也是鳥類呢！

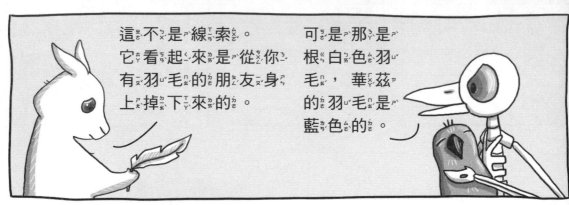

這不是線索。它看起來是從你有羽毛的朋友身上掉下來的。

可是那是根白色羽毛，華茲的羽毛是藍色的。

說到線索，我倒是找到滿多的。想看看嗎？

我才不——

好啊！

往這邊來，親愛的。

看吧，我發現了腳印。

### 返回主廳

美女或野獸

**捕蠅草**
*Dionaea muscipula*

昆蟲受到葉子的
香氣吸引

葉子被茸毛觸
動後會合起

葉子消化
昆蟲

葉子重新展
開始實化殘渣

**黏菌森林**

黏菌不是植物、動物，也不是真菌類。它們可以像單細胞的變形蟲那樣自由移動，但要產生繁殖用的孢子時，則會聚集起來形成子實體。

# 你看！

腳印直接走向出口。 你們為什麼不追上去，看看它們到底走去哪裡呢？

# 好主意！
# 茉莉你真行！

你真的該加入我們團隊！

這些才不是線索，是警衛的腳印。

哦哦哦，有個巧克力耶。

還是其實是便便？

嘿，大家！我找到絕對不是巧克力，也不是便便的東西……我想這是個線索。

葛瑞絲，做得好。
我可以看看嗎？

當然可以，
拿去吧。

老天。
這不是線索，
只是一顆老石
頭。我最愛
石頭了。

我非常懂石頭。我
有跟你說過我收藏
了一些石頭嗎？

真的嗎？我以前
找到過皇家的藍
色鑽石喔。

什麼是鑽石？

就是全世界最有價值的石頭！既美麗又閃亮，而且——

這個一點也不珍貴。

我就留著它吧。

可是，是我找到的耶。

誰撿到就
是誰的。

誰丟掉
誰活該。

你們兩個別鬧了好嗎？

你剛剛說你喜歡閃亮的東西對嗎？

對啊。

如果你讓我留下這個不閃亮的石頭……

我就給你這個閃亮的寶物。

喔！真不錯。

今天早上我在藝術展覽裡找到的。我相信它是藝術家故意做成楓樹種莢的樣子。

你知道嗎？以前我在家鄉最愛楓樹了。

嘶⋯⋯
嘶⋯⋯

我選嘶嘶聲，可能是老鼠或九頭蛇。

嘎啊⋯⋯

這樣的話，我選擇調查吼聲。

華茲，你覺得怎樣？

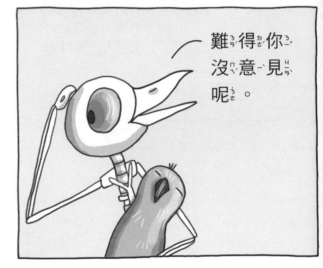

難得你沒意見呢。

嘶⋯⋯
嘶⋯⋯

嘎啊⋯⋯

用剪刀、石頭、布來決定？

198

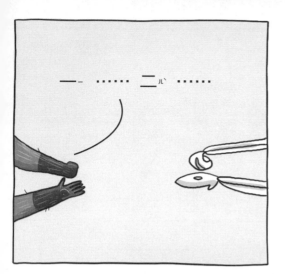

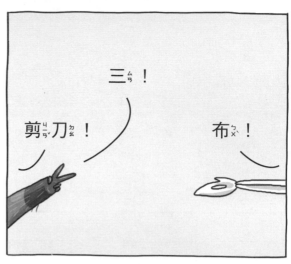

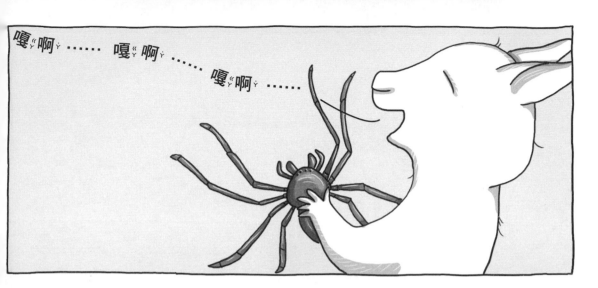

茉ㄇㄨˋ莉ㄌㄧˋ！你ㄋㄧˇ還ㄏㄞˊ好ㄏㄠˇ嗎ㄇㄚ？
你ㄋㄧˇ在ㄗㄞˋ這ㄓㄜˋ裡ㄌㄧˇ做ㄗㄨㄛˋ什ㄕㄣˊ麼ㄇㄜ？

我ㄨㄛˇ……嗯ㄣ……
咳ㄎㄜˊ、咳ㄎㄜˊ！

你ㄋㄧˇ也ㄧㄝˇ在ㄗㄞˋ調ㄉㄧㄠˋ查ㄔㄚˊ那ㄋㄚˋ個ㄍㄜˋ聲ㄕㄥ音ㄧㄣ嗎ㄇㄚ？

對ㄉㄨㄟˋ啊ㄚ，沒ㄇㄟˊ錯ㄘㄨㄛˋ。我ㄨㄛˇ過ㄍㄨㄛˋ來ㄌㄞˊ調ㄉㄧㄠˋ查ㄔㄚˊ那ㄋㄚˋ個ㄍㄜˋ聲ㄕㄥ音ㄧㄣ，然ㄖㄢˊ後ㄏㄡˋ找ㄓㄠˇ到ㄉㄠˋ這ㄓㄜˋ隻ㄓ吼ㄏㄡˇ叫ㄐㄧㄠˋ蜘ㄓ蛛ㄓㄨ。

別跟吠叫蜘蛛搞混了。

吠叫蜘蛛在有小孩的房子裡很常見。

你手上的蜘蛛叫「獵人蛛」，牠們不會吼。

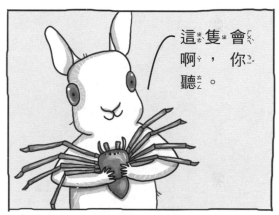

這隻會啊，你聽。

嘎啊。

看吧？

我ㄨˇ想ㄒㄧㄤˇ我ㄨˇ們ㄇㄣ˙
應ㄥ該ㄍㄞ找ㄓㄠˇ找ㄓㄠˇ
更ㄍㄥˋ多ㄉㄨㄛ吼ㄏㄡˇ叫ㄐㄧㄠˋ
蜘ㄓ蛛ㄓㄨ。

我ㄨˇ們ㄇㄣ˙到ㄉㄠˋ博ㄅㄛˊ物ㄨˋ館ㄍㄨㄢˇ的ㄉㄜ˙
另ㄌㄧㄥˋ一ㄧ邊ㄅㄧㄢ看ㄎㄢˋ看ㄎㄢˋ。

離ㄌㄧˊ開ㄎㄞ這ㄓㄜˋ個ㄍㄜˋ
展ㄓㄢˇ覽ㄌㄢˇ嗎ㄇㄚ˙？
好ㄏㄠˇ耶ㄧㄝˊ。

等ㄉㄥˇ一ㄧ下ㄒㄧㄚˋ！我ㄨˇ從ㄘㄨㄥˊ來ㄌㄞˊ
沒ㄇㄟˊ聽ㄊㄧㄥ過ㄍㄨㄛˋ什ㄕㄣˊ麼ㄇㄜ˙吼ㄏㄡˇ叫ㄐㄧㄠˋ
蜘ㄓ蛛ㄓㄨ！

因ㄧㄣ為ㄨㄟˋ很ㄏㄣˇ稀ㄒㄧ有ㄧㄡˇ
啊ㄚ。我ㄨˇ們ㄇㄣ˙有ㄧㄡˇ
幾ㄐㄧˇ隻ㄓ在ㄗㄞˋ——

我很確定那個吼聲從哪裡來的。

真的嗎？

對，而且不是蜘蛛。茉莉，我看穿你了。

我還以為「茉莉其實不會隱形」這件事我們早就有共識了。

雖然我滿想聽聽你的理論，可是我真的必須——

喔嘟！

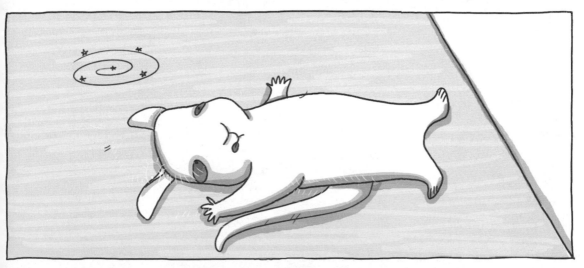

喀哩 喀啦
喀哩 喀啦

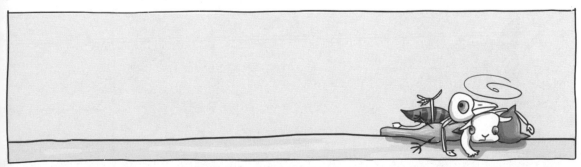

第十章
安靜但致命

喀哩 喀啦
喀哩 喀啦

他太靠近了，我們必須找個更好的地方躲起來。

## 澳洲啄花鳥
*Dicaeum hirundinaceum*

澳洲啄花鳥會吃槲寄生的果實，並將含有種籽的黏便便抹在樹枝上，好確保槲寄生可以茁壯生長。

茉莉，你知道什麼安全的地方嗎？

茉莉？

你等等就會被做成令人發毛的藝術展覽品了。

有，我知道一個安全的地方。

跟我來。

哇，小心！

也許用指的就好。

快！他就在我們後面！

喀哩 喀啦

喀哩 喀啦

我們的動作沒辦法更快了。我想，被做成令人發毛的展品也不錯——總比被當成害蟲消滅要好。

華茲，你說得對！我跟你本來就是展覽品……

喀哩 喀哩
喀哩 喀哩

你們不會被做成展覽品的！我跟華茲會先甩掉他，再跟上你們的腳步。

**快走！**

自然裡的螺旋

天氣模式

植物生長

啊ㄚ 啊ㄚ 啊ㄚ！

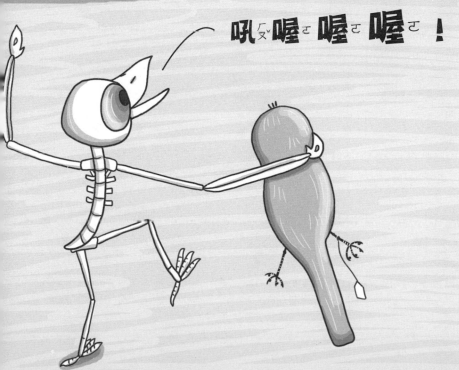

吼ㄡ 喔ㄛ 喔ㄛ 喔ㄛ！

這到底是什麼？

華茲，他竟然沒被嚇跑。

正好拿你來代替我失蹤的展覽品！

喀哩喀哩

啊啊啊！

是我的錯覺，還是這個地方真的有點髒亂？

而且還臭臭的？

這裡一定是那個九頭蛇的巢穴。快捏住鼻子，九頭蛇吐出的氣體有毒。一個鬼魂九頭蛇吐出來有毒。

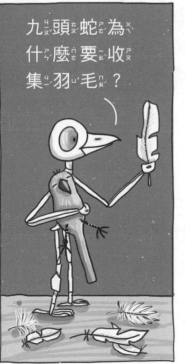

九頭蛇為什麼要收集羽毛？

還有放很久的食物？

跟壞掉的展覽品？

喔，這一定是茉莉的岩石收藏。

加上石頭？

我滿想再看看我那顆石頭！

華茲，你看到很有意思的重點。

不是這個。

這些收藏很不尋常，它們都是一樣的石頭。

也不是這個。

事實上，這些根本不是石頭。

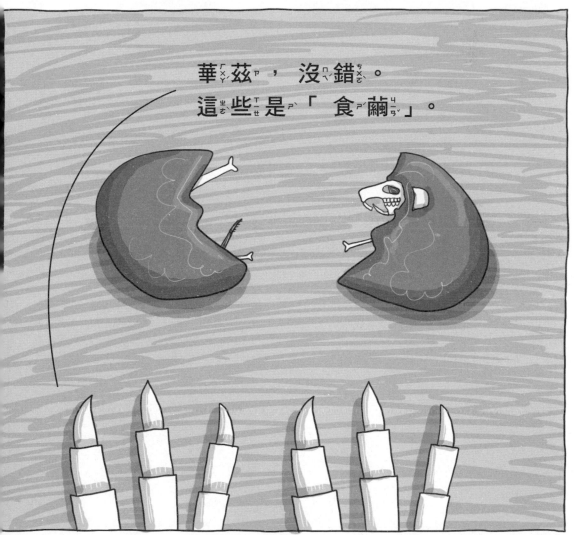

華茲，沒錯。
這些是「食繭」。

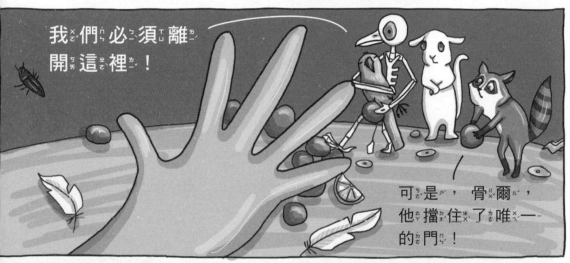

我們必須離開這裡！

可是，骨爾，他擋住了唯一的門！

哈哈！逮到你了！

226

嘶……　嘶……　　　　　　　　　嘶……
喀哩　　　　　　　　　　　　　　　喀哩

對（ㄉㄨㄟˋ）！ 對（ㄉㄨㄟˋ）！
就（ㄐㄧㄡˋ）是（ㄕˋ）這（ㄓㄜˋ）樣（ㄧㄤˋ）！
現（ㄒㄧㄢˋ）在（ㄗㄞˋ）你（ㄋㄧˇ）們（ㄇㄣˊ）可（ㄎㄜˇ）以（ㄧˇ）
回（ㄏㄨㄟˊ）家（ㄐㄧㄚ）了（ㄌㄜ）！

我（ㄨㄛˇ）就（ㄐㄧㄡˋ）是（ㄕˋ）那（ㄋㄚˋ）個（ㄍㄜˋ）鬼（ㄍㄨㄟˇ）魂（ㄏㄨㄣˊ）！
嚇（ㄒㄧㄚˋ）走（ㄗㄡˇ）老（ㄌㄠˇ）鼠（ㄕㄨˇ）的（ㄉㄜ）就（ㄐㄧㄡˋ）是（ㄕˋ）我（ㄨㄛˇ）！

謎（ㄇㄧˊ）題（ㄊㄧˊ）解（ㄐㄧㄝˇ）開（ㄎㄞ）了（ㄌㄜ）。

快（ㄎㄨㄞˋ）下（ㄒㄧㄚˋ）去（ㄑㄩˋ）。

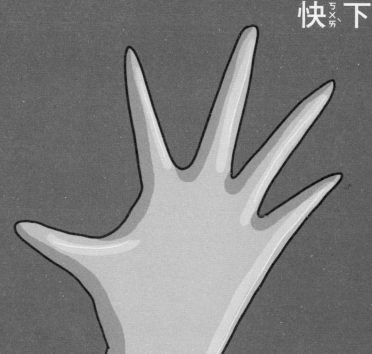

或ㄏㄨㄛˋ是ㄕˋ不ㄅㄨˋ安ㄢ全ㄑㄩㄢˊ。

喀哩　　　嘶……

不ㄅㄨ 准ㄓㄨㄣˇ 你ㄋㄧˇ 們ㄇㄣ˙
傷ㄕㄤ 害ㄏㄞˋ 他ㄊㄚ 們ㄇㄣ˙。

嘶……
喀哩

嘶……

沒錯，我在跟你們講話。別煩我的寶寶。

你的寶寶？

240

我不敢肯定這是不是愛的咬咬。

他們媽媽不見了，很寂寞。

難怪老鼠展品一直被破壞。他們餓了！

對ㄉㄨㄟ，他ㄊㄚ們ㄇㄣ有ㄧㄡ點ㄉㄧㄢ餓ㄜ了ㄌㄜ。
可ㄎㄜ是ㄕ我ㄨㄛ一ㄧ直ㄓ有ㄧㄡ帶ㄉㄞ很ㄏㄣ多ㄉㄨㄛ食ㄕ物ㄨ給ㄍㄟ他ㄊㄚ們ㄇㄣ。

貓ㄇㄠ頭ㄊㄡ鷹ㄧㄥ不ㄅㄨ吃ㄔ水ㄕㄨㄟ果ㄍㄨㄛ跟ㄍㄣ走ㄗㄡ味ㄨㄟ的ㄉㄜ三ㄙㄢ明ㄇㄧㄥ治ㄓ。
他ㄊㄚ們ㄇㄣ吃ㄔ袋ㄉㄞ貂ㄉㄧㄠ和ㄏㄜ浣ㄒㄧㄢ熊ㄒㄩㄥ——

葛ㄍㄜ瑞ㄖㄨㄟ絲ㄙ想ㄒㄧㄤ說ㄕㄨㄛ的ㄉㄜ是ㄕ，
為ㄨㄟ什ㄕㄣ麼ㄇㄜ不ㄅㄨ讓ㄖㄤ博ㄅㄛ物ㄨ館ㄍㄨㄢ
找ㄓㄠ到ㄉㄠ他ㄊㄚ們ㄇㄣ呢ㄋㄜ？

然後讓那個藝術家把他們變成令人發毛的標本嗎？！

才不要！

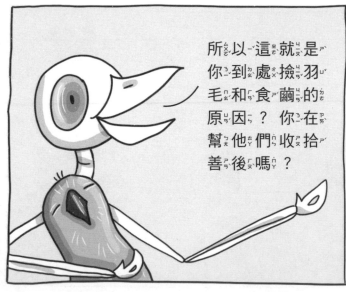

所以這就是你到處撿羽毛和食繭的原因？你在幫他們收拾善後嗎？

就像個好貓頭鷹媽媽一樣。

況且，貓頭鷹會讓老鼠不敢接近，也就不會有滅除害蟲的人過來。

這招不錯！
只要你沒有被吃掉的話。

他們很愛我！他們永遠不會吃掉我。

嗯，她再一下就要被愛夾攻了。

嘿！不要再愛的咬咬了！

轟！

轟！

你聽到了嗎？我想藝術家回來了。

我想我們全都要被夾攻了。

轟！

他為什麼撞個不停？

轟！

嘿！那是什麼聲音？

轟轟！

如果不是藝術家在撞，那又是誰？

聲音為什麼是從天花板的檢修門傳來？

246

轟！

葛瑞絲，你滿敏銳的嘛！

轟！

貓頭鷹媽媽原本一定是透過屋頂檢修門進出的。

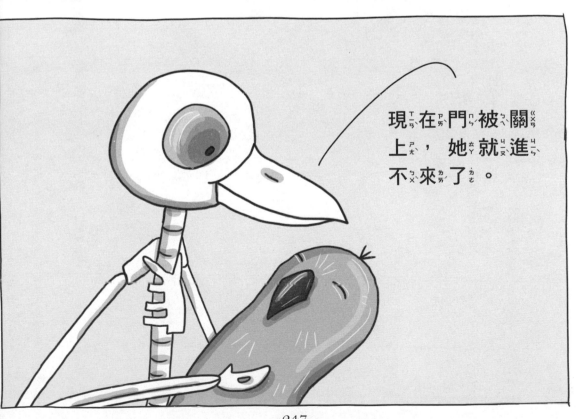

現在門被關上，她就進不來了。

轟！

所以我們上面有隻會吃袋貂和浣熊的大貓頭鷹。

面前則有一大群小貓頭鷹，他們看著我的表情，好像我是巧克力做的。

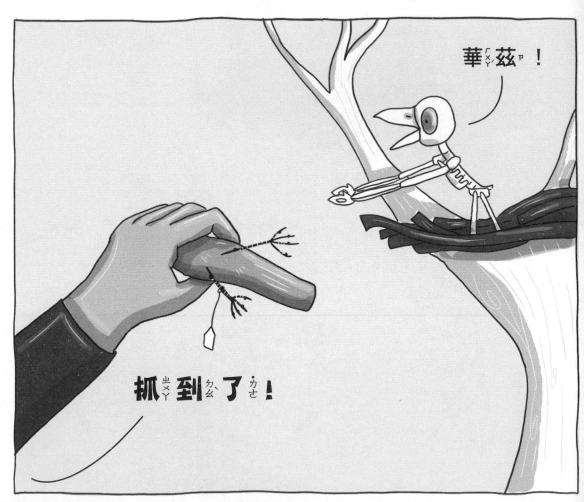

等<sub>ㄉㄥˇ</sub>等<sub>ㄉㄥˇ</sub>！
真<sub>ㄓㄣ</sub>的<sub>ㄉㄜ</sub>有<sub>ㄧㄡˇ</sub>鬼<sub>ㄍㄨㄟˇ</sub>魂<sub>ㄏㄨㄣˊ</sub>？

謝<sub>ㄒㄧㄝˋ</sub>了<sub>ㄌㄜ</sub>……
嗯<sub>ㄣ</sub>……
真<sub>ㄓㄣ</sub>鬼<sub>ㄍㄨㄟˇ</sub>魂<sub>ㄏㄨㄣˊ</sub>。

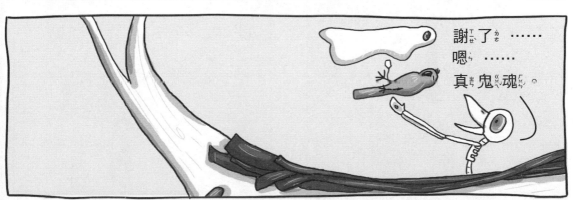

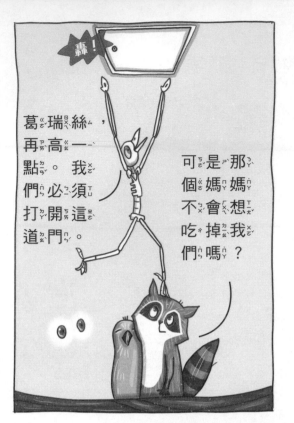

轟！

葛瑞絲，再高一點。我們必須打開這道門。

可是那個媽媽不會想吃掉我們嗎？

當然不會！她會很高興我一直幫忙照顧她的寶寶。

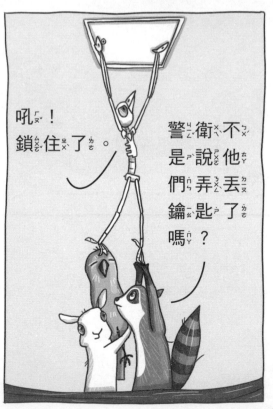

吼！鎖住了。

警衛不是說他們弄丟鑰匙了嗎？

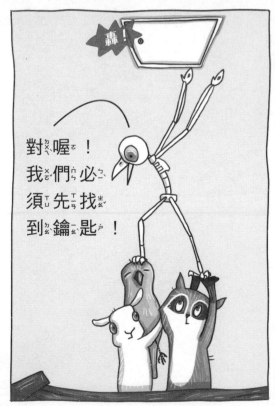

轟！

對喔！我們必須先找到鑰匙！

鑰匙長什麼樣子？

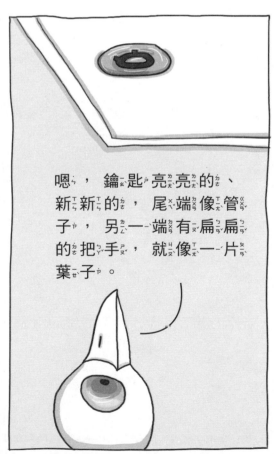

嗯，鑰匙亮亮的、新新的，尾端像管子，另一端有扁扁的把手，就像一片葉子。

哇！聽起來就像我那個楓樹種莢。

茉莉給你的那個亮亮東西嗎？

對啊。

還在你身上嗎？

當然囉，我永遠不會放手——

謝啦！

嘿！

254

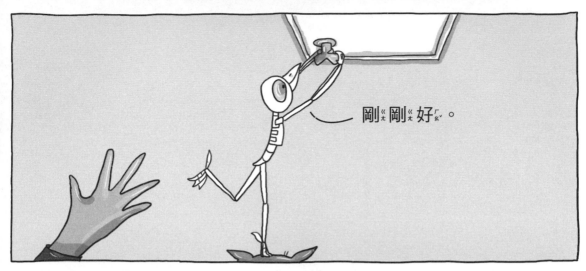

剛《剛《好ㄏ。

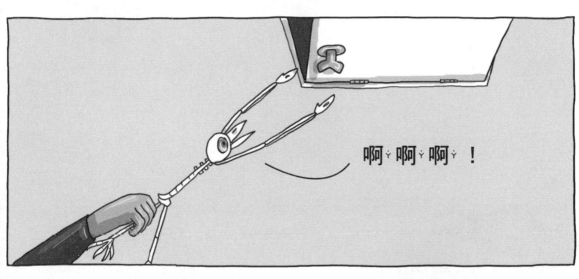

啊ㄚ啊ㄚ啊ㄚ！

你ㄋㄧ現ㄒㄧㄢ在ㄗㄞ是ㄕ
我ㄨㄛ的ㄉㄜ了ㄌㄜ。

接到你了，親愛的。

茉莉？你就是那個鬼魂？

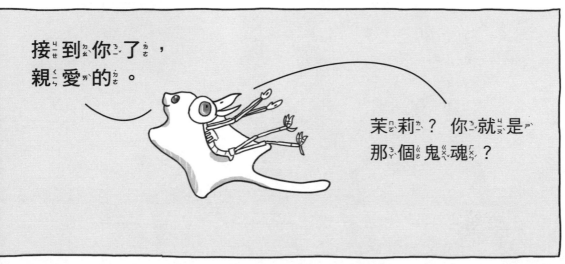

我跟你說過我很特別啊。

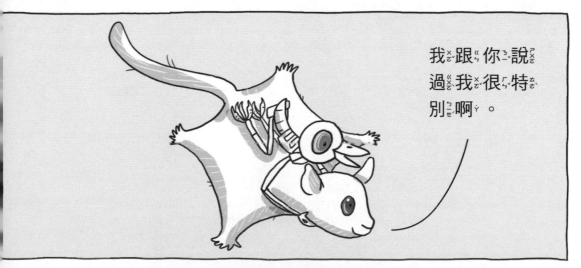

大家看，藝術家卡住了。我們要幫他下來嗎？

不要！

叮鈴

叮鈴
　叮鈴

警衛會幫他。我們要趕在她看到我們以前躲起來。

259

柏林！
你還好嗎？
你在做什麼？

我剛剛有個美妙的幻覺。

喔……所以你故意頭下腳上倒掛著嗎？

也不是，不過我遇見我的繆思女神了！
我的靈感來源！

它帶領我到這裡，
這個史上最了不
起的展覽。
藝術和科學在此共生
共存，而且即將在明
天開幕公開。

所以弄出那團亂的「鬼魂」，其實是倉鴞一家？可是那些嘶嘶叫的蛇呢？

我猜嘶嘶、喀喀聲是倉鴞寶寶的警戒聲。但牠們現在是受保護的展覽品了，會很安全的。

這是最棒的博物館了。我能在這裡工作真幸運。

我愛我的工作。

最大的齧齒目
水豚
*Hydrochoerus hydrochaeris*

最小的齧齒目
非洲侏儒鼠
*minutoides*

太完美了。真是快樂的結局。

既然我看到我的繆思了，我們一定要找到它，把它變成我的展覽品！

我還以為那只是個想像出來的動物。

不。這次非常真實。

嗯……這個繆思，是什麼模樣？毛茸茸的嗎？有條紋嗎？

絕對不是！

它又小又白，奇怪的是，似乎全身完全是由骨頭組成的——

264

應該把牠拿來當成展覽的亮點，這是我整批「活」藝術收藏裡最重要的一件。

喔，滿合理的 —— 這隻章魚是你的繆思。我現在完全懂了。

對啊，棒透了！

嘿！尼夫拉克，你比棒透了還棒。隨時都能幫上忙！

親愛的，我想該說再見了。

你確定嗎？你如果加入我們，會是很棒的生力軍。

我ㄨˇ的ㄉㄜ家ㄐㄧㄚ就ㄐㄧㄡˋ是ㄕˋ這ㄓㄜˋ個ㄍㄜ˙藝ㄧˋ術ㄕㄨˋ展ㄓㄢˇ覽ㄌㄢˇ。

你ㄋㄧˇ待ㄉㄞ在ㄗㄞˋ我ㄨˇ們ㄇㄣ˙身ㄕㄣ邊ㄅㄧㄢ會ㄏㄨㄟˋ安ㄢ全ㄑㄩㄢˊ得ㄉㄜ˙多ㄉㄨㄛ。比ㄅㄧˇ方ㄈㄤ說ㄕㄨㄛ，我ㄨˇ們ㄇㄣ˙不ㄅㄨˊ會ㄏㄨㄟˋ想ㄒㄧㄤˇ吃ㄔ掉ㄉㄧㄠˋ你ㄋㄧˇ。

可ㄎㄜˇ是ㄕˋ一ㄧˊ定ㄉㄧㄥˋ要ㄧㄠˋ有ㄧㄡˇ人ㄖㄣˊ照ㄓㄠˋ顧ㄍㄨˋ貓ㄇㄠ頭ㄊㄡˊ鷹ㄧㄥ寶ㄅㄠˇ寶ㄅㄠˇ。

他ㄊㄚ們ㄇㄣ˙的ㄉㄜ˙媽ㄇㄚ媽ㄇㄚ˙跟ㄍㄣ那ㄋㄚˋ個ㄍㄜ˙藝ㄧˋ術ㄕㄨˋ家ㄐㄧㄚ現ㄒㄧㄢˋ在ㄗㄞˋ不ㄅㄨˊ就ㄐㄧㄡˋ在ㄗㄞˋ照ㄓㄠˋ顧ㄍㄨˋ他ㄊㄚ們ㄇㄣ˙了ㄌㄜ˙嗎ㄇㄚ˙？

也﹏是ㄕ啦ㄌㄚ，可ㄎㄜ是ㄕ他ㄊㄚ們ㄇㄣ還ㄏㄞ是ㄕ需ㄒㄩ要ㄧㄠ我ㄨㄛ啊ㄚ。

也﹏許ㄒㄩ把ㄅㄚ你ㄋㄧ當ㄉㄤ成ㄔㄥ午ㄨ餐ㄘㄢ吧ㄅㄚ。

在ㄗㄞ說ㄕㄨㄛ再ㄗㄞ見ㄐㄧㄢ之ㄓ前ㄑㄧㄢ，我ㄨㄛ們ㄇㄣ花ㄏㄨㄚ點ㄉㄧㄢ時ㄕ間ㄐㄧㄢ回ㄏㄨㄟ顧ㄍㄨ今ㄐㄧㄣ天ㄊㄧㄢ晚ㄨㄢ上ㄕㄤ一ㄧ起ㄑㄧ完ㄨㄢ成ㄔㄥ的ㄉㄜ事ㄕ情ㄑㄧㄥ吧ㄅㄚ！

1：我ㄨㄛ們ㄇㄣ讓ㄖㄤ貓ㄇㄠ頭ㄊㄡ鷹ㄧㄥ寶ㄅㄠ寶ㄅㄠ跟ㄍㄣ媽ㄇㄚ媽ㄇㄚ團ㄊㄨㄢ圓ㄩㄢ了ㄌㄜ。

2：警ㄐㄧㄥ衛ㄨㄟ不ㄅㄨ會ㄏㄨㄟ叫ㄐㄧㄠ滅ㄇㄧㄝ除ㄔㄨ害ㄏㄞ蟲ㄔㄨㄥ的ㄉㄜ人ㄖㄣ過ㄍㄨㄛ來ㄌㄞ。而ㄦ且ㄑㄧㄝ……

3：我ㄨㄛ們ㄇㄣ拯ㄓㄥ救ㄐㄧㄡ了ㄌㄜ這ㄓㄜ些ㄒㄧㄝ展ㄓㄢ覽ㄌㄢ品ㄆㄧㄣ！

可是，我們一直沒找到那個妖怪。記得我發現的妖怪腳印嗎？

妖怪腳印？

對啊，就是樹下的白色點點。

親愛的，那只是貓頭鷹重疊的腳印。

271

我ˇ們ˊ有ˇ個ᐧ禮ˇ物ˋ
可ˇ以ˇ保ˇ護ˋ你ˇ。

哇ˋ！
真ˋ不ˋ可ˇ思ㄙ議ˋ！

你現在能看清楚了嗎？

對啊。不過，你本來就知道，骨爾摩斯是會走路、會講話的鳥骨骸嗎？

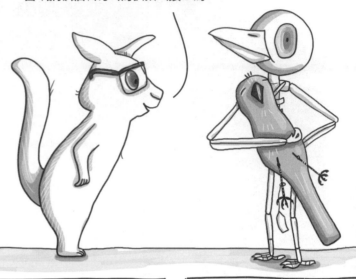

之前我還以為他是戴著大圓盤帽的竹節蟲呢。

真的嗎？我一開始也這樣覺得！

開館時間快到了。 我們最好回到自己所屬的展覽去。

認識你們真好。

茉莉，謝謝你的幫忙。

一定有機會再見的。

275

生物多樣性特展

真可惜，茉莉不想待在我們身邊。

嗯，她覺得自己有責任照顧那些貓頭鷹。就像我們覺得自己有責任守護這間博物館一樣。

是還滿合理的，可是我希望等貓頭鷹長大以後，她會留在我們的博物館。

我也希望。

噓ㄒㄩ……博ㄅㄛ物ㄨˋ館ㄍㄨㄢˇ現ㄒㄧㄢˋ在ㄗㄞˋ開ㄎㄞ館ㄍㄨㄢˇ了ㄌㄜ。我ㄨㄛˇ要ㄧㄠˋ在ㄗㄞˋ這ㄓㄜˋ裡ㄌㄧˇ多ㄉㄨㄛ待ㄉㄞ一ㄧˊ陣ㄓㄣˋ子ㄗ。對ㄉㄨㄟˋ我ㄨㄛˇ來ㄌㄞˊ說ㄕㄨㄛ，這ㄓㄜˋ裡ㄌㄧˇ看ㄎㄢˋ來ㄌㄞˊ有ㄧㄡˇ更ㄍㄥˋ多ㄉㄨㄛ**值ㄓˊ得ㄉㄜ期ㄑㄧˊ「袋ㄉㄞˋ」**的ㄉㄜ事ㄕˋ情ㄑㄧㄥˊ。

至ㄓˋ於ㄩˊ目ㄇㄨˋ前ㄑㄧㄢˊ最ㄗㄨㄟˋ重ㄓㄨㄥˋ要ㄧㄠˋ的ㄉㄜ事ㄕˋ，就ㄐㄧㄡˋ是ㄕˋ不ㄅㄨˊ要ㄧㄠˋ被ㄅㄟˋ吃ㄔ掉ㄉㄧㄠˋ。

# 感謝的話

感謝所有美好的孩子、家長、老師、書店店員和圖書館員，你們閱讀或分享我的書所給我的鼓勵，真的對我影響匪淺，謝謝你們。

特別感謝 Peter William Popple 協助將這本書裡的藝術作品平面化——你真是個救星。感謝我在 Transatlantic 的經紀人 Elizabeth 在幕後付出的一切。感謝我的寫作社團提供的支援，尤其是協助審閱了本書的初期版本的 Kaye、Stef 和 Michelle。

謝謝 Jodie 和 Sophie，以及 Allen & Unwin 所有神奇的工作人員，是你們催生了第三本骨爾摩斯。

感謝 Malin Christersson 慷慨應允本書使用你網站上一張真實的碎形影像，大家可以到 http://www.malinc.se/ 看看。還有，感謝北卡羅萊納州的杜克狐猴中心花時間回答我關於指猴的問題（如果牠們真的可以用長長的手指開鎖，會很酷——啊算了）。當然還要謝謝 Eric、Calvin、Tassie 和我所有的朋友和家人——如果沒有你們，我辦不到這一切。

## 作者介紹

芮妮在美國出生成長，並於二〇〇七年搬到澳洲。抵達澳洲不久後，她就在布里斯本昆士蘭博物館的茶色蟆口鴟骨骸展覽上遇到了骨爾摩斯。第三集的創作靈感源自於芮妮在塔斯馬尼亞山坡上看到了隻跳來跳去的白化袋鼠，她忍不住納悶：一身純白的牠怎麼能在荒野存活這麼多年呢？

芮妮的故事和插畫不僅受到大自然啟發，也受到她環境科學背景的影響。目前，芮妮跟丈夫、兒子、一隻熱情的小狗和一隻懶散的鬃獅蜥，一起在維多利亞省美麗的衝浪海岸生活與工作。

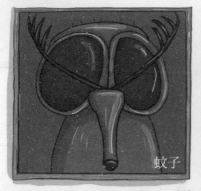

蚊子

蛆

## 微小獸

這裡展出的微小生物通常用肉眼看不到。

這區主要呈現不尋常的動物特徵和行為，包括用死去螞蟻來偽裝自己的蟲子，以及動作像在跳舞的狐猴。

「盔甲球」南非穿山甲
*Smutsia temminckii*
這些動物可不是爬蟲類。牠們會吃螞蟻，身上蓋滿硬硬的鱗片；受到威脅的時候，會蜷縮成球。

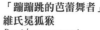

「蹦蹦跳的芭蕾舞者」
維氏冕狐猴
*Propithecus verreauxi*
這些狐猴有長長的腿和短短的手臂，在地面移動的時候看起來就像在跳舞。

## 詭異、美妙、真實的野生動物

「令人發毛的偽裝」
蟻荊獵
*Acanthaspis petax*
年輕的蟻荊獵會將死去的螞蟻放在背上，這樣天敵就不會過來，而且可以悄悄靠近牠們的獵物。

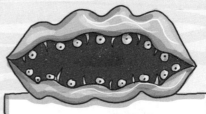

「眼見為憑」扇貝
Pectinidae
這些軟體動物在外殼邊緣上有一百顆藍色眼睛，可以分辨明暗。

# 的精選展覽品

**真實** 薄荷島眼鏡猴
*Tarsius syrichta*
眼鏡猴是現今所知最小的靈長類之一，但在所有靈長類動物裡，以相對於身體尺寸來說，牠們擁有最大的眼睛和雙手。

這部分的亮點是非比尋常的動物，牠們往往被誤認為幻想生物。

比方說，模樣很可愛、長了「耳朵」的章魚，以及會在沙地裡悠遊的迷你粉紅犰狳。這一頁的動物可都真實存在喔！

**真實** 煎餅章魚或小可愛章魚
*Opisthoteuthis californiana*
這個超級可愛的章魚會像煎餅一樣平貼在海床上等待獵物到來，並且躲開掠食者。

**真實** 粉紅仙子犰狳（小鎧鼴）
*Chlamyphorus truncatus*
這些不尋常的粉紅和白色動物，大多時間都在地底下活動。

## 事實或虛構？
## 真有其獸或只是藝術？

**真實** 獅虎
這種動物是雄獅和雌虎的混種。巨大耳朵是在人工馴養下培育出來的，不會在野生環境裡出現。

●● 知識讀本館

# 博物館偵探骨爾摩斯3：
# 深夜的鬧鬼名畫
SHERLOCK BONES AND THE ART
AND SCIENCE ALLIANCE

作繪者｜芮妮‧崔莫（Renée Treml）
譯者｜謝靜雯

責任編輯｜曾柏諺　美術設計｜李潔
行銷企劃｜王予農

天下雜誌群創辦人｜殷允芃
董事長兼執行長｜何琦瑜
兒童產品事業群
副總經理｜林彥傑
總編輯｜林欣靜
版權主任｜何晨瑋、黃微真

出版者｜親子天下股份有限公司
地址｜台北市104建國北路一段96號4樓
電話｜（02）2509-2800　傳真｜（02）2509-2462
網址｜www.parenting.com.tw
讀者服務專線｜（02）2662-0332　週一～週五：09:00~17:30
傳真｜（02）2662-6048　客服信箱｜parenting@cw.com.tw
法律顧問｜台英國際商務法律事務所‧羅明通律師
製版印刷｜中原造像股份有限公司
總經銷｜大和圖書有限公司　電話：（02）8990-2588

出版日期｜2023年2月第一版第一次印行
定價｜400元
書號｜BKKKC237P
ISBN｜978-626-305-389-2（平裝）

訂購服務 ─────────────────────
親子天下 Shopping｜shopping.parenting.com.tw
海外‧大量訂購｜parenting@cw.com.tw
書香花園｜台北市建國北路二段6巷11號　電話｜（02）2506-1635
劃撥帳號｜50331356　親子天下股份有限公司

國家圖書館出版品預行編目資料

骨爾摩斯3：深夜的鬧鬼名畫／芮妮‧崔莫
(Renée Treml) 文‧圖；謝靜雯 譯. -- 第一版. --
臺北市：親子天下股份有限公司, 2023.02；288
面；17 x 23公分；注音版
譯自：Sherlock bones and the art and science
alliance
ISBN 978-626-305-389-2（平裝）

887.1599　　　　　　　　　　　111020177

SHERLOCK BONES AND THE ART AND SCIENCE
ALLIANCE
First published in 2022 by Allen & Unwin, Australia
Australia
Copyright © Text and illustrations, Renée Treml, 2022
Published by arrangement with Allen & Unwin Pty Ltd,
through The Grayhawk Agency.

立即購買＞